SV

Band 428 der Bibliothek Suhrkamp

Hermann Lenz
Der Kutscher und der Wappenmaler

Roman

Suhrkamp Verlag

5. und 6. Tausend dieser Ausgabe 1978

Druck: Nomos Verlagsgesellschaft, Baden-Baden
Printed in Germany

Erster Teil

Von der Alleenstraße, wo er in einem Hinterhaus logierte, fuhr der Kutscher August Kandel am siebzehnten Juni, abends gegen halb acht, zum Neuen Schloß. Er horchte auf das Hufeklappern und überlegte, wer der Reisende sein könne, der hinter ihm, die Beine übereinandergeschlagen und zurückgelehnt, eine Zigarre rauchte, als Gepäck nur eine glasperlenbestickte Tasche bei sich hatte, die längst aus der Mode gekommen war, und leise mit sich selber sprach. Kandel meinte, er habe seinen Dialekt, eine Mischung aus Tschechisch und aus Deutsch, zum ersten Mal in Wien gehört.

Der Mann war groß und hatte breite Schultern; gelbliches Haar hing ihm über den Rockkragen; sein Gesicht war faltenzerschnitten, abweisend und streng; und trotz der Wärme trug er einen schwarzen Havelock.

Jetzt schwieg er endlich. Kandel überließ sich seiner schaukelnden Kalesche, die gut gefedert war und zwei altersgelbe, in den Ritzen grünspanige Lampen hatte. Wieder murmelte der Eigenbrötler hinter ihm und spuckte auf die Straße; das war nicht elegant. Aber Format hatte der Kerl, das jedenfalls; so etwas merkte doch ein Kutscher. Und Kandel schaute, jetzt nicht weit vom Friedrichsbau, die Straße zum Hotel hinunter, das Goldlettern überm Eingang glänzen ließ, sah Säulen einer Kolonnade rechter Hand, wo die Schaufenster des Hofjuweliers Gustav Louis Menner spiegelten, und war dann bald auf dem rötlichen Kiesbelag unter Kastanien, die ein Rasenparterre mit Brunnen, Siegessäule und Musikpavillon umgaben. Beim Schloß wurde die Stille einer wenig befahrenen Straße spürbar, Kandelaber zeigten zwischen Eisenketten die Sträuße ihrer Lampen, und auf zwei Sockeln hielten ein Löwe und ein Hirsch ovale Wappenschilder fest, beide geschwärzt.

»Ja, hineinfahren... In den Hof. Und vor der Auffahrt halten. Dienstboteneingang bin ich nicht gewohnt«, sagte der Mann.
Der Posten ließ ihn durch. Es rauschte jetzt der Sandbelag des Hofes unter den Kutschenrädern, ein Geräusch, das Kandel liebte. Und er freute sich, weil sein Mann vor dem Mitteleingang abgewiesen und zur Lieferantentüre geschickt wurde. – »Ich bin Wappenmaler, und die dort brauchen mich, auch wenn sie mich von hinten hineinkriechen lassen«, sagte er und bezahlte mit einer Goldmünze. Kandel gab ihm heraus. Dann schenkte ihm der Wappenmaler fünfzig Pfennige, ein angemessenes Trinkgeld, nicht zu viel und nicht zu wenig.
Beim Zurückfahren zum Standplatz, dem Bahnhof gegenüber und im Schatten des weißen Hotels Royal, dachte er an ihn zurück. Wappenmaler... der richtige Beruf. Jedenfalls besser als Kutscher. Der führte ein Leben, das sich lohnte. Bei dir kommt nicht besonders viel heraus, aber es reicht... Immerhin hatte Kandel ein Baumgut gekauft, zwar nicht besonders groß und auf der Maurener Geruhstatt bei Münchingen gelegen. Und er dachte: nach Wien kommst du wahrscheinlich nie mehr... Vor vielen Jahren war er dort gewesen und sah jetzt die Stadt in Gedanken wieder: Vor einem breiten und schwarzen Museum fiel Regen blank herein und spritzte auf dem Trottoir; ein Gärtner rechte Kies und war von blankem Licht umrändert, als wär er eine steinerne Gestalt; an einer Ecke der Marc Aurel-Gasse, nicht weit von der Altstadt, kam im scharfen Wind – denn immer war's windig in Wien, anders als hier, wo's öfters schwül war – ein Mann mit Backenbart auf ihn zu, dessen Gesicht er nicht vergessen konnte, weil es ihm abgerückt erschienen war, anders als das des Wappenmalers. Am Stadtkanal wurden Bäume vom Morgenlicht beschienen und bewegten sich; der Ballhausplatz war weit, und die Anlage mit der weißen Marmorwand,

die zur Erinnerung an Kaiserin Elisabeth errichtet worden war, tauchte herauf; dazu ein Springbrunnen, der schwankte, als ob er eine Peitsche mit silbernem Stiel wäre.

Alles war dasselbe, und wozu das Ganze? Dieses Herumzockeln mit der Kutsche; immer devot daherschwätzen müssen, während dir die Leute doch gleichgültig oder widerwärtig sind. Einer wie der Wappenmaler aber ... oder Lili, seine Nichte, die bei den Amerongens war und wußte, wie sie sich ein schlaues Leben machen konnte, indes er mit seinen siebenundvierzig Jahren am liebsten weggefahren wäre. Schluß machen, verschwinden, und weitab wieder neu anfangen; den Namen wechseln und für niemand mehr erreichbar sein, das hätte sich gelohnt. Wenn du weit weg bist, schmeckst du etwas Frisches; jede Wegbiegung und jedes Trottoir ist neu und unbekannt ...
Einem wie dem Wappenmaler aber hing nichts an den Gelenken; kein Zuhause, kein stickiges Ungefähr... Und Kandel sah wieder den Schloßhof vor sich: leer im weiten Licht, das die hohen Fenster starr machte, eine gläserne Versammlung in grünlichen Sandsteinmauern; ein sandiger und weiter Platz, von schattigen Bäumen umstellt; und ungerührt das Ganze trotz dieser Bewegung breitlappiger Blätter, starker Äste.
Es gefiel ihm, wenn er daran zurückdachte, und er wunderte sich über seine wechselnde Empfindung. Also bleibst du hier, dachte er und lächelte für sich. Sein Kollege Egelhaf, der neben ihm auf dem Samtpolster seines Wagens eine Decke zurechtlegte, sagte: »Jetzt sieht der Kandel wieder menschlich aus.« Sie lachten, und Egelhaf fügte hinzu: »Wie du vorhin ausg'schaut hast, möcht ich dir nicht im Wald begegnen.« Der war ein dicker Kerl mit Sattelnase, Schnauzbart und am Kinn einer grauen Mücke, während Kandel glatt rasiert ging. Egelhaf gefiel ihm; der wohnte in Gaisburg hinter einem Misthaufen und hatte

Landwirtschaft dabei. Jetzt sagte er: »Du, gestern abend hat dem König Karl sein Weib wieder Wasser am Jakobsbrünnele getrunken« und pries das Gaisburger Wasser als seltene Gottesgabe. Wenn ihm sein Mädle – so sprach er von seiner Tochter – das Wasser bringe, sei der graue Steinkrug außen immer naßkalt beschlagen, so kühl sei dieses Wasser. Und Kandel dachte an das Märchen vom Wasser des Lebens und sagte zu Egelhaf: »Ich komm mal zu dir, und dann bringst du mir ein Glas.« Darauf Egelhaf: »Aber net bloß Wasser, ha?« – »Ha freilich.«

Was man halt so mit einem Kollegen schwätzte. Und warum auch nicht? Der Wappenmaler ist dir doch begegnet ... Er sah den Bahnhof mit seinen altersschwarzen Säulen, sah unten überm Eingang des Hotels Goldlettern glänzen und hörte von Egelhaf, daß dort sein Schwiegervater für fünfzig lebende Forellen ein Goldstück bekommen habe. Gut, daß das Gold als Münze noch von Hand zu Hand ging, denn das bedeutete etwas... Aber du bist doch gar nicht fürs Solide, denk bloß an den Wappenmaler. Also, der führt kein solides Leben; darauf kannst du dich verlassen.

Obwohl er nichts von dem Mann wußte, stellte er sich ihn doch so vor, so wie er meinte, daß er vielleicht wäre; also ehrgeizig und rücksichtslos, während er, August Kandel, sich gefällig und zufrieden zeigen mußte. Du willst deine Gefühlswallungen in der Hand behalten. Dies erscheint dir wirkungsvoll, falls du auf Wirkung bei den anderen bedacht bist; nun, das will schließlich jeder, du findest es zwar dumm, wenn's einer will, und auch bei dir hältst du's für töricht. Und Selbstgespräche waren immer Ausflüsse einer Stimmung und nicht einmal einer, die man sich klar machte.

Er wartete, stand neben seiner Kutsche, ging zum Pferd, streichelte es. In fünf Minuten machst du Schluß für heut, und niemandem erzählst du von dem Wappenmaler... Egelhaf schwatzte; der erzählte wieder einmal von seinem

Vater, auf den er stolz war, vielleicht, weil der nur nebelhaft in seiner Erinnerung lebte als hagerer Mensch mit schwarzem Backenbart, ein Metzger, der, als Egelhaf drei Jahre alt gewesen, an den Pocken gestorben war. Er sagte von ihm, daß er »keinen guten geraucht« habe und ein hitzköpfiger und jähzorniger Kerl gewesen sei; der hatte nicht umsonst drei Jahre auf dem Asperg sitzen müssen. Der war dort eingelocht gewesen, weil er als Freischärler bei der Revolution mitgemacht hatte; Anno achtundvierzig... Doch war's natürlich barer Unsinn, Revolution zu machen, weil niemals etwas anders wurde und alles nur so ablief wie es mußte; denn auch Revolutionen waren eingeordnet und gehörten zum Plan, den keiner kannte. Hätte ein Mensch den Plan gekannt, dann hätte er vielleicht gar nicht mehr leben wollen.

Zu Egelhaf sagte er: »Mach's gut, Louis«, stieg auf den Bock und ließ die Zügel auf den Pferderücken klatschen: »Komm, Hansel.« Er wendete und fuhr die Friedrichstraße abwärts zur Alleenstraße, wo das Grün in den Vorgärten und das Laub der Bäume den Hauch des Abends hatte. Ausbleichendes Zwielicht mischte sich in die fast leere Straße, machte sie weiter als sie war. Dies erschien Kandel eindrucksvoll, wahrscheinlich, weil's die Häuser so einschichtig machte, wie auch der Wappenmaler ausgesehen hatte. Jawohl, das war's. Mit siebenundvierzig entsprach etwas wie Zwielicht und der Wunsch, nicht mehr ins Abgenutzte und Gewohnte heimkehren zu müssen, dem kühlen Hauch, den er hinter der Stirne spürte; oder an der Stirne. Ja, dies war genauer... Und Kandel lehnte sich zurück im Fahren und streckte beide Beine aus.

Dann einbiegen, im Hof ausspannen und den Gaul mit schleifendem Geschirr in den Stall stapfen lassen.

Er nahm das Kummet ab, striegelte sein Pferd wie jeden Abend. Der Hans bekam sein Wasser und den Hafer. Und so wie jeden Abend unterhielt er sich auch jetzt mit seinem Gaul. »Etwas Neues möcht ich hören, etwas anderes. Verstehst mich, Hansel?« sagte er und wünschte sich, sein Pferd möge aufpassen, wenn er mit ihm sprach.

Kandel rasierte sich und zog sich um. Der Abend war die Zeit der Freiheit; da durfte er ausschweifen; zumindest in der Phantasie war's ihm erlaubt. Er bürstete den Schoßrock, nahm aus der Weste, die noch warm war, seine Uhr, die gewichtige Silberzwiebel, die mit einem kleinen Schlüssel aufgezogen wurde, und legte den Schlüssel wieder in den Geldbeutel zurück. Er schmunzelte und sagte zu sich selber: »Welch ein ordentlicher Mensch der Kutscher Kandel ist... nicht auszudenken!« Er brauchte sich nach niemandem zu richten, konnte weggehen, wann es ihm behagte. Und daß du niemals mehr nach Wien kommst, das ist sehr die Frage; einmal leistest du es dir, dorthin wegzugehen... Und wieder dachte er an Egelhaf, der stolz auf seinen revolutionären Vater war und gerne rebellische Reden führte, freilich solche lustiger Natur, etwa gegen die Verdorbenheit der feinen Leute oder daß der deutsche Michel halt immer der Dumme sei und auch drüben in China für die Engländer den Polanti habe machen müssen. Nein, Egelhaf sagte nicht ›Polanti‹, denn das war bayerisch oder österreichisch.
Hinausgehen in die Nacht. Und es schien ihm, als ob vor ihm der Wappenmaler ginge: Jetzt blieb der stehen, drehte sich zur Seite und verschwand in einem Haus. Vielleicht suchte er den Kutscher Kandel... Unsinn, bilde dir nichts ein... Und im Weitergehen sah er den Wappenmaler vor sich, wie er dagesessen war, die Hände auf den Elfenbeinknauf seines Stocks gestützt und vorgebeugt; die Lider halb geschlossen, schien er nachzuhorchen oder etwas nachzuprüfen, wahrscheinlich ein Wappenbild, das er zu malen dachte. Und Kandel sah die Hände dieses Wappenmalers, welche mager waren, lang und fest und mit ovalen Nä-

geln; auf dem Handrücken bildeten sich Adern ab. Kandel wunderte sich, daß er die Finger dieses Mannes deutlich im Gedächtnis hatte. Du hast sie doch kaum angesehen... Eigentlich nur, als er dir das Goldstück gegeben hat und du ihm herausgeben mußtest... Es kam ihm in den Sinn: am Ende sei das Goldstück falsch. Er lachte, schüttelte den Kopf im Gehen und wunderte sich, daß ihm so etwas eingefallen war. Nein, nichts zum wundern. Aber du mußt mit deiner Nichte über diesen Wappenmaler sprechen. Ohne merken zu lassen, daß du an ihm interessiert bist, solltest du aus deiner Nichte etwas herausholen, das für dich interessant ist... Im übrigen mußt du auf sie aufpassen, das bist du deiner toten Schwester schuldig... Und er dachte an das Dorf Hirschlanden, wo sein Schwager eine Gemischtwarenhandlung umtrieb und wie Egelhaf Landwirtschaft und einen Weinberg dabei hatte.

Eine elegante Kutsche fuhr vorüber. Egelhaf winkte mit der Peitsche. Ja, der... Der hatte einen feineren Wagen als er, und in den Polstern roch es nach Parfüm; der hatte Samtpolster, während Kandels Wagen Ledersitze hatte, die heiß wurden, wenn die Sonne darauf schien. Aber solch ein Lederpolster war doch hygienischer, und Kandel brauchte nicht so viel zu putzen. Denn Egelhaf war immer am Ausbürsten, oder er rieb Flecken aus dem dunkelblauen Samt. Der fuhr eine ausrangierte Hofkutsche, die er billig gekauft hatte, weil an der linken Lampe ein Messingadler abgebrochen war.

Kandel hoffte, seiner Nichte zu begegnen, weil er nicht in die Villa Amerongen gehen konnte, obwohl die einen Lieferanten-Eingang hatte; Besuche für die Domestiken waren dort jedenfalls nicht erwünscht. Wenn er Lili zufällig auf der Straße traf, dann war es besser. Und er erinnerte sich, von Egelhaf gehört zu haben, seine Nichte sei vom

Kollegen Eipper mit einem gewissen Herrn von Süskindt zum Wilhelma-Theater gefahren worden, wo der Schwank ›Wie man Männer fesselt‹ gespielt wurde.
Du gönnst der Lili alles; wenn sie nur kein Kind... Aber er konnte sie nicht hüten, und das verlangte auch niemand von ihm. Lili wußte, daß er einer war, der seine Freiheit haben wollte. Ach ja, deine ›Freiheit‹... Immerhin, jetzt kannst du gehen, wohin du willst; es darf dir keiner was vorschreiben. Und er ging wieder nach Wien, freilich nur in Gedanken. Eine abwegige Sache, diese Sympathie für eine Stadt, wo er nicht leben wollte, weil er dachte: dann wird sie dir auch nur gewohnt oder gewöhnlich... Und ihm fiel ein, daß er in Münchingen, wo er als Sohn des Bauern Kandel, der auch Mesner gewesen war, den Ofen in der Kirche geheizt hatte. Nicht weit vom Ofen aber war die Tochter des Grafen Leutrum gesessen. Alles längst vorbei... Aber gut, daß sich das Bild zurückgezogen oder versenkt hatte, sozusagen in unteren Schichten, als wär dort etwas abgelagert worden, aus dem er's hervorholen konnte, wann er wollte. Und er erinnerte sich, daß er winters immer den Ofen in der Kirche hatte heizen müssen; das war ihm leichtgefallen, weil er's dem jungen Fräulein von Leutrum zuliebe tat, der Tochter des Grafen Leutrum also, dem die Nippenburg gehörte. Sie kam mit ihren Eltern in die Kirche, winters in einem Schlitten; und Kandel wär am liebsten beim Grafen Leutrum gewesen, doch dies arrangierte sich halt nicht; weshalb er für das Fräulein diesen großen gußeisernen Ofen links unter der Kanzel heizte und vor der Kirche, die Hände in den Hosentaschen, mit den Alten zusah, wie sie zwischen ihren Eltern vorgefahren kam und wie die Decke auf ihrem Schoß schwarz war und rote Streifen hatte; denn eine derart dicke, breite Decke, eine wie ein Fell glänzende, die fingerlange Fasern hatte, war ihm bis heute nirgends vorgekommen, obwohl er eine solche für seine Kutschengäste gerne gehabt hätte. Aber

war dafür die Nacht, und wenn man so zwischen den stummen Mauern herumging, verhältnismäßig günstig; besser jedenfalls als ein Kaffeehaus.
»Sag mal: Paßt der Mann eigentlich zu dir?«
»Wer bitte?«
»Der mit der Brosche. Erinnerst du dich noch?« »Selbstverständlich... Aber du, das weiß ich nicht.« Und sie sagte, daß sie es gern habe, wenn er neben ihr schwätzte; es tue ihr wohl. Und dann sei es natürlich auch die Uniform. »So ist doch jede, und es ist ein eigenes Gefühl, wenn du über die Trepp im Wilhelmatheater 'runtergehst, und die Leut drehen sich nach dir um. Gut sieht er aus, der Herr von Süskindt.«
»Glaube ich dir unbesehen.«
Die beiden mußten noch am Anfang sein, also nicht besonders weit... Weshalb er zu ihr sagte, sie solle es doch hinauszögern und sagen: »Ja, gern, ich will schon, aber 's geht halt schwer... Weißt du: die Amerongens wollen, daß ich abends immer da bin.«
»Das habe ich doch schon oft genug gesagt! Und er weiß auch, daß ich's gut hab bei den Amerongens. Die lassen mich gern weg.« – »Und von wem weiß er's denn?« – »Von mir natürlich. Ich hab's ihm am Anfang erzählt.« – »Dann seid ihr also jedenfalls schon beide über das Gröbste hinaus. Geküßt habt ihr euch nicht?« – »Und wie!«
Und wie... Also war's doch schwieriger als er sich's gedacht hatte, und deshalb mußte er jetzt fest hinlangen; grob und deutlich, sozusagen habhaft. Nein, auch schlecht. Die Lili mußte selber herausfinden, was er dachte, und glauben, sie habe es selbst gedacht; als sei's ein ganz und gar freier Entschluß von ihr, wenn sie ihm sagte... Aber, was sollte sie dem Süskindt sagen?
Kandel redete ganz allgemein über Verlobungen und so. Nach seinen Beobachtungen sei jede auseinandergegangen, wenn eine Kutscherstochter, also sagen wir mal: nicht ei-

nen Friseur oder einen Wirt, also einen vom gleichen Genre genommen habe. »Da hat zum Beispiel eine Kellnerin einen Rechtsanwalt... Und was ist dabei herausgekommen? Daß der Mann sich seiner Frau geschämt hat, wenn er in G'sellschaft g'wesen ist. So was geht leider nur selten zusammen, aber vielleicht geht's bei dir?«

Sie schwieg. Kandel konnte nicht herausbringen, was sie dachte, und ging mit ihr ins Olgabau-Café hinein, wo Damen in langen Kleidern und mit Federhüten hinterm verschnörkelten Treppengeländer zur ersten Etage hinaufschwebten, und Herren vom Stammtisch bei der Treppe die Köpfe drehten, weil manchmal ein Damenknöchel sichtbar wurde.

Sie saßen hinterm hohen Fenster, wo eine Wolkengardine hing. Kandel schob ihr sein Notizbuch mit dem Bleistift zu: »Jetzt schreibst hinein, was er dir angedroht hat. Das mit der Brosche mein' ich. Mit Datum von heut... Und heute ist...«

»Ja, ich weiß schon.«

Sie fing zu schreiben an, nickte, überlegte wieder, bestellte sich einen Kaffee, drückte die Bleistiftspitze an die Backe, sah zur Decke auf, die frisch getüncht war und Goldleisten hatte, lächelte, senkte den Kopf und guckte von der Seite her: »Also, ich weiß net recht... Und eigentlich ist es eine Gemeinheit.« – »Wenn du's nur einsiehst.« – »Aber ich meine doch: Von mir ist es eine Gemeinheit, wenn ich das jetzt hier hineinschreib.« – »Wie du meinst. Dann läßt's halt bleiben.«

Sie dachte wieder nach, biß auf den gelben Bleistift; schrieb ein Wort, wischte mit der Zungenspitze über die Lippen und ließ die Zungenspitze aus dem Mundwinkel schauen. Dann legte sie Notizbuch und Bleistift weg, lehnte sich zurück und sagte: »Es wär halt *doch* eine Gemeinheit.« Sie hatte geschrieben: »Ich liebe ihn arg, aber...« und sonst nichts. Als er's las, lachte sie. Kandel sagte: »Hast du zu-

fällig im Schloß etwas von einem Mann gehört, der Wappenmaler ist? Der ist mindestens über sechzig. Ich hab einen g'fahren, einen Mageren mit Hakennase und im schwarzen Havelock. Eine Tasche hat der dabeigehabt, wie man sie heute nicht mehr sieht; eine mit Glasperlenstickerei.« Sie kannte ihn und erinnerte sich noch genau. Fuchsberger hieß der Mann. Den hatten sie nach hinten hinaus einlogiert, und Lili sagte: »...den mit seinem Kram.« Die Kutscher schimpften, weil er in der Remise alles durcheinanderbrachte, und sagten, der habe halt einen Sparren zuviel; er schwätze groß daher. »Grad, als wärst du im Theater«, sagte Lili. Er wollte mit dem Kaiser von Österreich verwandt sein, weil er aus Wien war. »Ha, daß i net lach'. Wie wenn einer aus Heslach stammt und tut, als hätte er am Herdweg eine Villa! Er malt halt Wappen auf die Kutschen. Das ist alles, was er kann.«
Freilich, ein junges Mädchen konnte einem Alten nicht anmerken, daß er eine ganz besondere Person war, gleichgültig, was die andern sich von ihm erzählten. Und du läßt dir deinen Wappenmaler ebensowenig von deiner Nichte verderben, wie du ihr den Süskindt nicht schlecht machen kannst, obwohl der ganz gewiß nichts anderes als ein Schlawiner ist. Vielleicht waren beide Schlawiner, jeder auf seine Art, und der eine hieß Fuchsberger und der andere Süskindt; das konnte möglich sein, aber was ging sie beide an, wie's wirklich war? Natürlich nichts. Mit so etwas wie Wirklichkeit wurde sowieso niemand fertig; und deshalb ging das Leben weiter, und deshalb war es nie langweilig. Aber es konnte möglich sein, daß irgendwas verschwand, ohne daß es weder er noch Lili noch sonst jemand merkte. Von außen her gesehen war ja alles noch ganz wunderschön und fest und hatte sogar einen Glanz. Es gab den König, und es war geordnet. Und du bist Kutscher und allein, ein Junggeselle... Ganz in Ordnung war das freilich nicht... Und wenn du daran denkst, daß du einmal

hättest Schulmeister werden sollen, aber schon nach sieben Wochen von der Präparandenanstalt heimgeholt worden bist, weil deine Eltern das Geld nicht mehr haben zahlen können, dann tut's dir bloß ein bißchen leid. Totzdem bist du froh, Kutscher zu sein. Wenn du herumfährst, kannst du dir wenigstens einbilden, du seist ein freier Mann; und du darfst dir vorstellen, einer wie Fuchsberger, dieser Wappenmaler, der sogar ins Schloß hineingekommen ist, der sei außergewöhnlich.

»Sag Lili, möchtest du mehr werden als bloß eine Kutschersfrau, eine Lehrersgattin oder eine Wirtsfrau?«

»Wenn du für mich einen Tanzlehrer hast, dann würde ich's mir überlegen.«

»Also, Ministersgattin möchtest du nicht sein?«

»Wenn's geht, natürlich schon. Und mein Süskindt wird das mal, das weiß ich längst. Aber versteifen tu ich mich halt nicht auf den. Und ist das schlecht?«

»Es ist, wie's ist. Aber wenn du bloß so eine bist, die deinem Süskindt halt die Zeit vertreibt?«

»Ach, ich bin doch nichts Besonderes, ich bin doch keine Dame! Ich bin doch bloß die Lili... Im Nachhinein aber ist's einmal schön gewesen, das kannst du mir glauben.«

Daß die schon ans Nachhinein dachte, jetzt, wo sie doch erst anfing. Aber ihm war so etwas vertraut. Wenn er dran dachte, wie im Nachhinein seine Begegnung mit dem Wappenmaler vor ihm stehen würde (so, als wär sie unwirklich gewesen), dann freute er sich jetzt schon auf das Nachhinein. Oder du bist froh, daß du dem Wappenmaler nicht begegnen mußt und dir ausdenken kannst, wie er vielleicht ist; für dich wird dieses immer am wichtigsten sein.

Stell dir nur vor, wie du als alter Mann an dieses Gespräch mit der Lili zurückdenken wirst, weit später und dort hinten, vielleicht in dreiunddreißig Jahren, wenn das Café Olgabau zwar immer noch dasteht, aber auf der

Königstraße alles sich auch äußerlich verändert hat, also mindestens die Kleidermode; um vom Inneren zu schweigen; also von dem, woran die Leute denken.
»Hast wieder einmal mit dem Hansel g'schwätzt?« fragte Lili, und Kandel nickte. Wenn er im Gespräch schwieg, sagte Lili immer, er schwätze mit dem Hansel, denn so hieß sein Gaul. Das war gut beobachtet. In Gedanken sprach er oft mit dem, allerdings nur, wenn er ihn striegelte oder auf dem Bock saß. Es war eben doch wichtig, daß man sich verbunden fühlte mit Lebendigem.
Nach dem Abend im Olgabau dachte er oft an Lili, öfter als an diesen Wappenmaler. Lili war sozusagen eine aus dem Augenblick, und er sah, wie sie sich überm Marmortisch nach vorne gebeugt, im Licht der elektrischen Lüster gelächelt, gelacht und eine Hand an die Wange gelegt hatte; übrigens eine lange und auf dem Rücken geäderte Hand. Ihre Augen wurden anders, wenn sie »Ich bin doch bloß die Lili« sagte und dabei ihre Stimme nachgiebig wurde, anschmiegend und zärtlich. Die wußte, daß sie jung war und im Nachhinein alles Geschehene einen Hauch bekam (wie angelaufen); und der konnte schöner sein als Neues; und daß ihr später etwas lächerlich vorkommen würde, worüber sie sich früher arg aufgeregt hatte, das war ihr auch bekannt. Etwas Seltenes, und deshalb durfte er den Süskindt um Lili beneiden. Doch hoffte Kandel, sie werde manchmal an die halbe Stunde mit ihm im Kaffeehaus zurückdenken, und bildete sich ein, sie wisse, was sie an ihm habe, so ein Gespräch mit jemand, der, obwohl er ein Mann war, nichts von ihr wollte, hätte ihr mindestens als etwas Seltenes erscheinen sollen, also sagen wir: Im Nachhinein.
Er hörte sie reden, als säße sie in seinem Ohr. Über Süskindt sagte sie, der sei immer groß in Gala und ziehe ihr zu oft Paradeuniform an, denn die einfache Uniform, so mit einer feinen Litewka – und sie rieb Daumen und Zei-

gefinger aneinander, als spüre sie noch jetzt den seideglänzenden, hellblauen Stoff –, die sei ihr lieber. Nun ja, als Adjutant des Hofmarschalls oder so was, müsse es der Süskindt wahrscheinlich so machen... Und sie erzählte von der Galatafel drüben im Neuen Schloß, zu der Herr von Mittnacht mit Gemahlin (der sei Minister fürs Auswärtige, und das wußte Kandel) die Freifrau Schott von Schottenstein, der österreichische Gesandte von Pereira-Arnstein und der kaiserliche und königliche Legationssekretär Doktor Julius Szilassy von Szillas und Pilis eingeladen gewesen seien, die sie als ›Rattenschwanz‹ bezeichnete.

Er freute sich und dachte: also ist sie gar nicht affektiert... Und was den Wappenmaler anging, so interessierte ihn weder sein Name – ›Fuchsberger‹ hörte sich nicht anders an als Kandel oder Egelhaf – noch woher er kam; obwohl's freilich bedeutsam war, daß er nach Wien gehörte. Denn in Wien – und jetzt schmunzelte Kandel – wärst du mehr als bloß ein Lohnkutscher geworden; obwohl Lohnkutscher nicht schlecht war; der Gründe wegen, die du dir schon öfters klargemacht hast, oder nicht? Ha freilich... Und du bleibst hier wie der Wein, der aus dem Keuper- und dem Mergelboden herauswächst. Es wär natürlich schon schöner gewesen, Schulmeister geworden zu sein, weil solch ein Schulmeister mit Kindern zu tun hatte, aber weil du halt nicht so weit hast kommen können (Geldschwierigkeiten sind die ernsthaftesten, die es neben Gesundheitsschwierigkeiten gibt), ist es in Ordnung so wie es sich jetzt verhält. Verstanden? Und Kandel stand in Gedanken sozusagen vor seinem Schicksal stramm, das ihn jetzt wie ein Feldwebel anschnauzte, zum Glück nur in der Phantasie.

Nach dem Mittagessen im Gasthof zur ›Sonne‹ fuhr er zurück zu seinem Standplatz vor der Hauptpost, dem Bahnhof gegenüber, wo eine Gruppe hohenlohischer Pfarrer eingetroffen war, die er durch die Stadt fahren sollte; sie wollten sich alles anschauen, was es hier an Neuem gab. Kandel sagte: »Ich weiß nicht, was die Leut alleweil mit dem Neuen haben; ich hab noch am Alten genug«, denn ihm erschien Altes besser als Neues. Die Pfarrer freilich nahmen seine Worte anders auf und lachten, doch so war's ihm auch recht. Und während er kutschierte, die Szenerie der Stadt neben der Droschke glitt, als ob Kulissen aus Blättern und Licht und Stein vorbeigeschoben würden, hörte er hinter sich den Namen Fuchsberger und wie einer sagte, der könne jedem einen neuen Kopf aufsetzen. Wieder lachten die Herren, und ein anderer fügte hinzu, das müsse jeder Pfarrer können; wie wolle er denn sonst mithelfen, daß ein Saulus zu einem Paulus werde; immerhin komme so was vor... Und Kandel freute sich, weil die Herren heiter waren; denn auch Pfarrer erwiesen sich bei genauem Hinhorchen anders als man dachte, daß sie seien. Dann fiel ihm ein Traum ein, den er seit langem nicht mehr aus seinem Gedächtnis waschen konnte. Wieder stand er an einer sandigen und vom Regen grauen Landstraße, wo er in einer Pfütze sein Gesicht sah, wie es sich ihm bis heut noch niemals gezeigt hatte; denn in der Pfütze hatte er eine wachsame strenge Miene, dünne Lippen und graue Augen, die ihn spöttisch prüften, anders als in Wirklichkeit. Du kennst dich aus dem Spiegel... Trotzdem kam ihm der Mann in der Pfütze seines Traumes interessanter vor. Er ging zum Bach, wo ihm ein Stacheldraht die Jacke unterm Kinn zerriß, als er sich übers Wasser beugen wollte.

Also, was stimmte nun: Sein alter gemütlicher Kopf oder der mißtrauische aus der Pfütze? Fuchsberger hätte es gewußt. Und Kandel nahm sich vor, so bald wie möglich hinters Schloß zu gehen und bis zu den Remisen vorzudringen, wo Fuchsberger an seinen Wappen malte. Übrigens könnte er diesen Mann bitten, ihm den Doppeladler auf die Türe seiner Droschke hinzupinseln, dann hätte er eine beständige Erinnerung an Wien und könnte sich ein-

bilden, er sei dort, wo er wahrscheinlich Hofkutscher geworden wäre, denn in Wien atmete sich's leicht.
Die Pfarrer wurde er vor dem Christlichen Hospiz zum Herzog Christoph in der Christophstraße los und zockelte dann wieder die Hauptstätterstraße abwärts, wo das Mittagslicht scharf brannte, Wagen mit hochgebauschten Leinenplachen an den Trottoirrändern standen und eine Pferdebahn vom Alten Waisenhaus heraufstapfte. Kandel beschloß, hier zu Mittag zu essen, drüben in der Wirtschaft bei der Leonhardskirche, wo er hinterm offenen Fenster einen plätschernden Brunnen vor Augen haben würde und neben sich auf der Holzbank seinen Zylinder niederlegte, den er mit dem Rockärmel blankrieb.
Als er bezahlte, griff er die Goldmünze, die ihm der Wappenmaler vor drei Wochen gegeben hatte; es war ein Zwanzig-Kronenstück, auf dem der Doppeladler und Kaiser Franz Joseph abgebildet waren, wie es in Österreich von Hand zu Hand ging. Er dachte an Wien, prüfte die Münze, indem er sie auf die Tischplatte fallen ließ, und hörte in Gedanken jemand österreichisch reden, was ihm für einen Augenblick wie Schöntun klang. Aber konnte man denn jedes Wort für bare Münze nehmen? Doch dieses Zwanzig-Kronenstück war eine bare Münze, und deshalb würde er's im Innentäschchen seines Portemonnaies verwahren.
Hernach hielt er auf der Planie vor rosa getünchten Häusern, die auch schon lang hier standen und zum Schloß gehörten. Eine Gedenktafel erzählte vom Dichter Schiller, der hier in die Hohe Karls-Schule gegangen war. Zwei junge Damen, beide unter weißen Sonnenschirmen, kamen ihm entgegen, neigten sich zueinander und schauten zurück; also kam er denen komisch vor, und wahrscheinlich war's auch kein Wunder. Er wickelte die Zügel um die Bremskurbel der Kutsche und ging hinter das Schloß, seltsamerweise ohne daß er vom Wachtposten angerufen wurde; einer freilich, der in der Türe der Wachstube lehnte und

sein Gewehr an der Mauer stehen hatte, schaute zu ihm her, biß aber dann wieder ins Wurstbrot und rief etwas in die Wachstube hinein. Kandel meinte, der hätte ihn für einen Hofkutscher gehalten, und das tat ihm wohl.
Eine Weile stand er unter den Platanen, die sich über einem Brunnen regten, der frisch vergoldete Blumen- und Fruchtkränze und einen flügelspreizenden Adler auf der Spitze seines Obelisken hatte. Guter Platz... er paßt zum Wappenmaler, dachte er und stellte sich vor, wie Fuchsberger hierherkam, den Havelock ablegte und nun in flanellenen Unterkleidern mit um die Hüfte zugebundener langer Unterhose und offenem Hemd, das sonderbarerweise nur halblange Ärmel hatte, barfuß über den vergrasten Weg ging, die Arme ins Brunnenwasser tauchte und Goldfische streichelte, die ihre weißlichen Flossen um seine Handgelenke schlangen. Auch Kandel griff ins Wasser, doch zuckten dann die Fische weg.
Durch ein Tor fuhr eine offene Kutsche in den Hof, ein langes und schmales Gefährt, das in seinen Federn schwankte, als ob's auf der Luft schwämme; es drehte und wendete so elegant, wie's nur eine Hofkutsche konnte, indes die Bäume rauschten. Dahinter stand wieder die rückwärtige Front des Schlosses, dieser Seitenflügel mit den gelb getünchten Wänden und den großen Fensteraugen.
Er trat in die Remise, sah sich um. Ihr Dach hatte eine Luke, durch die Dohlen flogen, wahrscheinlich um ihre Jungen zum Wegfliegen aufzumuntern. Die Hofkutsche stand da, die große mit der Krone, die für Empfänge gebraucht wurde, und auf ihrem Trittbrett lagen Pinsel bei einer Palette; dazu ein Stab, dessen Ende eine von Samt umhüllte Kugel hatte; ein Leinenlappen war mit Farbflecken verschmiert. Auf der Tür der Kutsche war der Umriß eines Wappens in Kreidestrichen angedeutet, als wär es in den schwarzen Lack geritzt.
Ein Mann näherte sich hinterm hohen rückwärtigen Auf-

bau des Gefährts und fragte Kandel, wen er suche. – »Ich möcht' den Wappenmaler sprechen.« – »Den Fuchsberger? Aber der liegt doch...« Und dieser Magere, dem ein Lächeln das Gesicht spitz machte, stieß mit dem Zeigefinger in seine gekrümmte Hand, als stopfe er ein Loch; dann lachte er. – »Ach so...«, sagte Kandel und wurde rot; er stotterte, dann möchte er ihn... freilich auch nicht... stören. – »Mit einer liederlichen Kammerkatze«, fügte der andere hinzu und lachte, daß es in der Remise widerhallte; oben krächzten jetzt die Dohlen. Drei andre Kutscher, die jünger als der hagere waren, stellten sich dazu und fragten, was es denn Lustiges gäbe. – »Der will dem Fuchsberger Konkurrenz machen« und: »So einer bist du also?« hieß es. Er wurde gefragt, wo er denn seinen ›Heuter‹ stehen habe, denn der sei sicher bald für den Gaulsmetzger reif; und ob er seinen Karren habe überholen lassen, denn übermorgen sei doch Droschkenmusterung auf dem Gewerbehallenplatz. – »Nein«, sagte Kandel, »das mach' ich selber. Hoffentlich traut ihr's mir zu.«
Er ging wieder hinaus, ging rasch zu seinem Wagen. Beim Vorbeifahren am Alten Schloß winkte ihm Egelhaf mit der Peitsche, und das freute Kandel mehr, als wenn ihm jemand ein goldenes Zwanzig-Kronenstück mit dem Doppeladler und dem Bildnis des Kaiser Franz Joseph geschenkt hätte.

Er fuhr zurück und wusch sich im Bahnhof, weil es heiß war. Dabei sah er sein Gesicht. Abwesend siehst du aus und bist froh, kein Hofkutscher sein zu müssen... Herrje, Kandel, du mußt halt für die anderen den dummen August machen; und schließlich weißt du das schon seit der Schule. Du bist naiv und wärst lieber in Wien, wo alle Kutscher ganz genau so grob sind wie in Stuttgart. Er lachte und wischte sich mit seinem rotgewürfelten Sacktuch das Gesicht. Wenigstens bist du gesund, sagte er zu sich selber.

Der stolze Gutbrod ließ seinen Wagen vor der Hauptpost hereinschwenken. Egelhaf kam angetrabt, und Wankmüller saß in sich gekehrt auf dem Bock, wahrscheinlich weil seine Frau gescheiter war als er; als Lohnkutscher heiratete man halt keine aus einem Schuhgeschäft. Die Worte der Hofkutscher in der Remise fielen ihm wieder ein, und er dachte, wahrscheinlich sei's ein Spaß gewesen, den sie sich mit ihm erlaubt hatten. Trotzdem war's möglich, daß einer wie der Wappenmaler sich noch derart rüstig fühlte, daß er in der Mittagspause, von der Arbeit weg ... mit einer Kammerzofe ... Sei doch nicht dumm.
Gegen halb drei legte jemand eine Hand auf seine Schulter, und als er sich umdrehte, stand Lili vor ihm auf den Zehenspitzen; sie hatte Kuchen im Hotel Marquardt geholt und zwei Portionen Eis dabei. So setzten sie sich denn, den Kuchen zwischen sich, in seine Kutsche und schleckten Eis. Lili konnte das natürlich besser, und Kandel legte sein Taschentuch auf die Knie, damit ihm vom Eis nichts auf die Hose tropfte. Lili sagte: »Bekleckere dich net«, und Kandel dachte, das Wort ›bekleckern‹ habe sie wahrscheinlich vom Süskindt gelernt. Doch wenn der für Lili so wichtig gewesen wäre, wie Kandel sich's vorstellte, dann wäre sie in ihrer Mittagspause nicht zu ihrem alten Onkel hergelaufen, um ihm Eis zu bringen. Außer Gutbrod schauten ihnen die anderen Kollegen zu, und der bekümmerte Wankmüller fragte Lili, ob sie nicht Angst davor habe, einen Adligen zum Mann zu nehmen. – »Angst net, aber so dumm bin ich auch nicht, daß ich das tu.« Sie hatte zwei silberne Löffel mitgebracht, in die eine Grafenkrone graviert war, und ihr Gesicht überm gestärkten weißen Kragen sah frisch aus. Die hatte doch keine Strapazen hinter sich, und was die andern dachten, war bloß Einbildung.
Die Arbeit ließ sich nachmittags gemütlich an. Und abends sah er die Alleenstraße wieder, seinen Wohnbezirk, wo's kühl aus dem Stadtgarten wehte und noch hell war.

Du mit deinen Einbildungen... Aber er fuhr gut mit diesen Einbildungen, die ihm jedenfalls das Leben interessanter machten als er's bisher gewohnt war; bilde dir nur ein, jetzt sei's weniger schmerzhaft. Und indes er seinen Hansel striegelte und putzte, ihm die Hufe mit einer Speckschwarte einfettete und den After auswusch, auch daranging, die Mähne auszukämmen und sich des Messingkammes freute, auf dem das königliche Wappen von einem Löwen und einem springenden Hirsch wie am Eingang zum Neuen Schloß gehalten wurde, kam's ihm vor, als hätte er den Wappenmaler vor dem Brunnen mit dem schwarzen Obelisken sitzen und einen Offizier in österreichischer Uniform begrüßen sehen; wie es sich geziemte, war der Wappenmaler dabei nicht von der Bank aufgestanden. Jawohl, dies hatte er noch wahrgenommen, als er, beschämt und eilig, von den widerwärtigen Gesellen weggegangen war, die ihm in der Remise mit ihrem ekligen Geschwätz zugesetzt hatten. Die wollten doch den Wappenmaler nur heruntermachen, damit er so gemein erschien wie sie selbst waren.

Kandel riß das Geschirr seines Gauls von der Holzbarriere, die seine Stallboxe einfaßte, und ging damit ins Freie. Jetzt war er über sich selbst wütend, weil ihm vor diesen Brüdern nicht die richtige Antwort eingefallen war.

Er bürstete auf einem Tisch, der neben einem rohen Sarg vor der Schreinerwerkstatt im Hof stand, die Riemen des Geschirrs, fettete sie ein und walkte sie mit dem Handballen, daß sie glänzten, weil er für die Kutschenmusterung sein Zeug in Ordnung bringen mußte.

Als er den Stall abschloß und sich umdrehte, stand Egelhaf da, klein und dick, mit herabhängendem Schnauzbart, den steifen runden Hut aus der Stirn geschoben. Kandel freute sich, denn dieser Egelhaf war immer fröhlich. Der wollte ihn jetzt wahrscheinlich zu einem Viertel Gablenberger animieren, und dazu war er gern bereit. – »Louis,

das ist aber nett, daß du zu mir hereinschaust. Kommst g'schwind mit 'nauf? Ich hab zwar bloß Most, Rauchfleisch und Brot im Haus, aber 's wird dir schmecken.«
Egelhaf nahm seinen Hut ab, wischte sich über die Stirn und sagte: »Wegen dem ist's net... Ich möcht dich bloß auf etwas vorbereiten, das dich vielleicht interessiert.« Kandel dachte, es werde mit der Kutschenmusterung zusammenhängen, denn die war Egelhaf immer besonders wichtig. Und er ließ ihn die steile Treppe in sein ›Juhe‹ hinaufgehen, wo er aus einem Schränkchen sein Nachtessen mit dem Brotlaib hervorholte, den Steingutkrug nahm und Most aus dem Keller holte.
Als er wieder heraufkam, hatte Egelhaf seinen Rock nicht ausgezogen, was er hier immer und manchmal sogar auf dem Bock tat. Kandel gefiel diese Angewohnheit seines Kollegen nicht besonders gut, aber, daß er's heut nicht tat, wo es doch warm war, das beunruhigte ihn. Hast du am End den Egelhaf beleidigt? Der war doch sonst nicht so empfindlich.
»Ja, August... Es ist mir gar nicht recht, daß ich es sagen soll. Aber die andern meinen halt, daß du mir vielleicht zuhörst. Also, es ist wegen diesem Süskindt.«
»Louis, da muß ich dir sagen, daß ihr das Maul halten sollt. Davon versteht ihr nichts. Und wenn irgendeiner von euch so dreckige Phantasien...«
»Nix mit Phantasie. Aber, du entschuldigst schon... Der Fuchsberger – du weißt doch: dieser Wappenmaler – hat den Eipper g'fragt, ob er ihm nicht einen Heuboden oder eine leere Remise wüßt für ein Duell. Übrigens schwere Säbel. Der andere ist der Süskindt, und der hat was mit einer verheirateten Frau gehabt. Der Fuchsberger arrangiert die Sach'. Deshalb hat er den Eipper g'fragt.«
»Ja, gut, dann verdreschen die sich halt.«
»Das hab ich zuerst auch gedacht, aber so einfach ist die G'schicht halt leider net. Weil ein Fräulein davon erfahren

hat, und die heißt Lili. Also, ich glaub nicht, daß die deshalb vom Süskindt läßt.«
»Ich auch nicht, Louis. Aber trink doch wenigstens ein Glas Most.«
Dann mußt er's der Lili also wieder einmal sagen, aber wie? Und ausgerechnet jetzt in ihrem wackeligen Zustand mit der Liebe... Eine arge G'schicht, und du kriegst einen heißen Kopf... Doch war's noch lange nicht so weit, und bei der Lili konnte sich's trotzdem noch ändern. Das beruhigt dich und macht dir dein Gewissen wieder glatt. Es konnte ja auch noch einmal gut hinausgehen, und wenn zwei feine Herren einander mit gewetzten Säbeln gegenüberstanden, wurde eine solche Sache meistens derart arrangiert, daß jeder halt bloß einen kleinen Kratzer abbekam; also, sagen wir einmal: wie von einer Dornranke. – »Louis, du weißt au net, wie sich die Herren da durchb'scheißen werden. Also, ich meine: Denen ist's doch wurst, was wir uns denken. Bloß die Lili darf nicht mit hineingezogen werden, da hast du natürlich recht... Und weil wir auch noch da sind, seh ich nicht ganz schwarz. Im übrigen: Was ist schon ein Duell... Also, ich mein', das kommt mir auch wie halb verfault vor. Man hört doch schließlich heutzutag arg viel davon.«
»Immerhin kann es das Leben kosten. Und gut, daß es das Duell gibt. Dann haben wenigstens so schlankelige Kerle wie der Süskindt vielleicht doch manchmal ein bißchen Angst.«
»Wenn du meinst... Ich glaub es, ehrlich gesagt, nicht so recht. Die hauen sich bloß gegenseitig auf die Säbel. 's werden halt Funken wegspritzen und die Säbel schartig werden. Sonst passiert nix. Und hineinhauen tun die bloß in so eine wie die Lili. Da hast du natürlich recht.«
So redete er mit Egelhaf und war nicht recht bei der Sache, weil ihm die Nachricht unwahrscheinlich vorkam und er immer wieder an den Wappenmaler denken mußte, der

ihm hätte sagen können, was geplant war, wie es ablaufen und ob seine Nichte in dieses Gespinst hineingezogen würde. Wenigstens hat dir Egelhaf einen Faden des Gespinstes in die Hand gegeben. Halt ihn fest, und wenn du Lili siehst, wirst du versuchen, herauszubekommen, ob sie etwas weiß. Nur schade, daß du morgen zur Kutschenmusterung fahren und deine Kutsche heute nacht noch putzen mußt.
»Aber, was sollen wir denn machen, Louis? Wir müssen es halt laufen lassen«, sagte er zu Egelhaf, der nur einen Schluck Most getrunken hatte, aufstand, die Treppe hinunterstolperte und: »Also, auf morgen dann!« von unten heraufrief.

Vielleicht wußte auch Egelhaf mehr als er verraten hatte, und es konnte sein, daß er ihn, der Lili wegen, schonen wollte. Die Kutsche mußte sauber hergerichtet werden, und dabei konnte ihm weder Egelhaf noch der Wappenmaler helfen. Und je eindringlicher er sich diesen Mann vorstellte, desto genauer glaubte er zu sehen, wie sich, seitdem er ihm begegnet war, alles verändert hatte. Auch du bist ein anderer geworden, denn zuvor hast du geduldig und stumpfsinnig deine Arbeit g'macht; oder du bist so wie jeder in deinem täglichen Dreh gewesen und hast deshalb nichts genau angeschaut. Auch dir wird alles erst hintennach klar ... Und es schien ihm, als hätte er seit vielen Jahren nicht mehr an das Freifräulein von Nippenburg gedacht, und seine Nichte sei ihm erst seit dem Gespräch im Kaffeehaus als eine eigene Person erschienen, während er sie vorher nur für eine wie die anderen gehalten hatte. Auch mit Lili war, seitdem der Wappenmaler aufgetaucht war, etwas geschehen. Und daß mit ihm und ihr jetzt etwas Neues angefangen wurde, das war wichtig, und alles andere ging ihn nichts an. Das Neue aber spielt sich in dir selber ab. Von außen darf dir niemand was anmerken.
Mit sich selber reden und zur Kutschenmusterung fahren.

Wieder war das Wetter hell und fühlte sich wie grünseidige Blätter an, zwischen die Blau und Luft und jene Helligkeit gemischt war, deren Farbe morgens gegen halb acht Uhr weder an Seide noch an Email erinnerte; sie war da als ein Schein. Der Schein weckte die Farben und ließ alles anders sehen als er es von früher kannte, obwohl Bekanntes noch hindurchschien. Hufeklappern füllte den Platz, wo Kandel sich mit seinem Wagen bei den Taxameter-Einspännern einfädeln und aufstellen mußte, während Blätterrauschen vom Wind hergeworfen wurde und ein rötliches Gebäude seine Fensterscheiben schimmern ließ. Der Platz, mit Kutschen gefüllt, als wär er schwarz erstarrt, wurde belebt von Pferdeköpfen, die überm Leder der Verdecke, überm schwarzen Lack der Wagenflanken ihre Köpfe schüttelten und Messing am Zaumzeug blitzen ließen. Neben Kandel hatten sich Wankmüller, Egelhaf und Gutbrod aufgestellt, und ihre Kutschen waren ohne Tadel. Egelhaf sagte: »August, du hast recht. Die andern wissen nix. Die haben keine Ahnung, was für ein feiner Mann dein Wappenmaler ist«, denn Kandel hatte Louis nach jenem Fuchsberger gefragt. Und als er Egelhaf antwortete: »Du willst mich halt ein bißchen frozzeln«, schüttelte der andere den Kopf und sah ihn trotzig an. Kandel war sich nicht ganz sicher, ob es Egelhaf so meinte, wie er's sagte, doch nahm er Egelhaf nichts übel.

In einer Amtskalesche fuhren dann der erste Stadttierarzt, ein Polizeiamtsvorstand und ein Polizeikommissär vor. Wankmüller wischte immer noch mit einem blauen Sacktuch Staub von Kutschenrädern, und sogar Egelhaf zupfte einen Strohhalm vom Schwanz seines Gauls. Kandel ärgerte sich, weil er den Kerzenhalter seiner linken Lampe nicht so blank hatte reiben können, wie er's bei den Hofkutschen in der Remise hinterm Schloß gesehen hatte, wo die Palette des Wappenmalers auf dem Trittbrett gelegen war.

»Habt acht!« rief Egelhaf und stieß Kandel mit dem Ellenbogen an. Auch Kandel präsentierte seine Peitsche, als wär sie ein Gewehr. Der Stadttierarzt lächelte, ein Magerer, der Handschuhe aus weißem Gummi angezogen hatte. Jetzt prüfte er das Pferd, dann machte er ein Kreuz in seine Liste. Was dies bedeuten mochte?

Auf deinen Gaul kannst du wenigstens stolz sein, dachte Kandel; trotzdem war es ihm unbehaglich, weil er den Kerzenhalter seiner Lampe links neben dem Bock nicht blankgerieben hatte. Und als der Polizeiamtsvorstand seine Kutsche ansah, der Kommissär unter die Räder kroch, um die Federn abzuklopfen, kam's ihm vor, als wär er schlecht gewaschen. – »Wie heißt Ihr Pferd?« fragte der Tierarzt, und Kandel sagte, das sei der Hansel. – »So so... Gelt, Hansel, du hast's gut?«

Der Tierarzt hob den Zeigefinger im weißen Gummihandschuh. Kandel wurde rot und lachte: »Ja, pflastermüd ist der noch nicht«, doch kam's ein bißchen laut heraus. Egelhaf zwinkerte ihm zu, Wankmüller aber sah bekümmert her, als würfe er einen scheelen Blick auf ihn.

Jetzt standen die Herren abseits, verglichen ihre Listen und sprachen mit einer Dame, die einen Zwicker trug und zum Tierschutzverein gehörte. Dann wurde verkündet, zwei Pferde müßten leider als ungeeignet weggesprochen werden, während alle andern gut in Futter und Saft stünden. Die Dame gab bekannt, daß Herrn Gutbrod die höchste Prämie für gute Pferdewartung ausgehändigt werde, doch würden auch die Herren Egelhaf, Eipper, Kandel und Wankmüller mit je fünfundzwanzig Mark bedacht. Wankmüller sagt, er sei halt wieder mal der Letzte und senkte die gekrümmte Nase. – »Saudomms Geschwätz, wir sind doch alle gleich!« fuhr ihn Egelhaf an, und Kandel sagte, also seines Wissens seien die Namen so verlesen worden, wie sie im Alphabet hintereinander stünden. »Bloß der Gutbrod kriegt hundert Mark. Gönn's ihm doch, Gustel!«

Keiner mochte Gutbrod leiden, und auch Kandel hielt ihn für hochmütig; der war dann auch einer der ersten, die wegfuhren. Langsam lockerte sich das Kutschengewirr auf, verrollte und verlief sich in den Straßen nahebei, vierundachtzig Ein- und Zweispännerwagen zusammen mit den beiden Motor-Taxametern, die Stinkkutschen genannt wurden; die waren nicht besonders elegant. Kandel dachte, daß die Motorwagenfahrer für diese Musterung mehr zu putzen gehabt hätten als die Kutscher und fragte sich, wer wohl die Pferde gehabt habe, die, wie der Polizeiamtsvorstand verkündet hatte, als ungenügend weggesprochen worden seien. Er sah Gutbrod vor dem grünlichen Gebäude der Baugewerkschule stehen und auf Kandel deuten. Gutbrod grinste und wies einen Offizier und einen Herrn im Havelock zu Kandel und zu Egelhaf hinüber.
Der im Havelock war der Wappenmaler, der andere ein Hauptmann von der Infanterie. Sie sprachen mit Egelhaf. Der Hauptmann fragte: »Wissen Sie jetzt endlich einen geeigneten Raum, wo wir...« und legte die Hand, die eine Zigarette hielt, auf seinen Säbelkorb. Der Wappenmaler streckte einen gelben Rohrstock mit Elfenbeinknauf vor, als ob er ein Rapier in der Hand hielte; einen seiner schwarzen Mantelschöße hatte er um die Faust gewickelt. Das bleiche Gesicht von der Sonne scharf beleuchtet, mit dunklen Augen und Hakennase, erschien er Kandel wie der Gipskopf eines Herrschers auf einem Relief, das in ovalem Rahmen im Treppenhaus eines Kanzleitraktes in Wien gehangen hatte, wo auch die Meldestellen für die Fremden untergebracht waren.
»Ihr könnt dann zuschaun, wie meine Eingeweide herumfliegen«, sagte der Hauptmann. Der Wappenmaler dröhnte mit pompöser Stimme: »Oder die vom Nebenbuhler! Denn ich habe die Ehre, Herrn Barons Sekundant zu sein.« Dabei verneigte er sich und machte einen Kratzfuß. Der Hauptmann stieß ihn in die Hüfte: »Sei still! Bei mir zieht

dein Schmus nicht«, worauf der Wappenmaler beiseitewich: »Der Herr goutieren also nicht die Unterwürfigkeit der niedern Klassen, obwohl Dero Gnaden darauf angewiesen sind.« Er stellte sich abseits und machte die Augen schmal, hoch aufgerichtet und beide Hände auf den Stock gestützt. Du würdest den Wappenmaler nicht als deinen Sekundanten wählen, dachte Kandel und überlegte, ob er den Hauptmann nicht beiseitenehmen und ihm zuflüstern solle: Lassen Sie die Händ von dem... als Fuchsberger zu ihm kam und fragte: »Kennen wir uns nicht?« Er ging beiseite, und Kandel folgte ihm; dann flüsterte Fuchsberger: »Vorsicht, Ihrer Nichte wegen. Mischen Sie sich nicht hinein. Der dort läßt Sie sonst vom Bock herunterpurzeln, und davon merken Sie beinahe nichts.«
Spitzes Gelächter, Kandel dachte: kalkweiß wie sein Gesicht. Dann rief der Hauptmann nach Fuchsberger, winkte ihn zu sich her und schaute grinsend zu, wie dieser Mann im weiten Havelock ihm nachlief, wie er klein und bucklig wurde, drüben in Gutbrods Kutsche stieg und einem schwarzen Kleiderbündel glich.

»Eigentlich fast ein devoter Mann, der Herr Fuchsberger«, sagte Egelhaf, und Kandel gab ihm recht; dann fragte er: »Sag, hast du eigentlich herausgebracht, wie das nun werden soll mit dem Duell?« – »Ich hab's dir doch gesagt: Der Süskindt hat es mit der Frau des Hauptmanns g'habt; oder er hat es noch. Der Hauptmann hat mit seiner Frau nichts mehr; wahrscheinlich ist es dem egal, daß jetzt der Süskindt... Undsoweiter. Aber es muß trotzdem sein, ich meine jetzt das mit den Säbeln. Nachher kann's wieder ganz so weitergehen wie zuvor, weil doch die feinen Leut von ihrem Leben auch was haben wollen... Und daß du's genau weißt: Ich erzähle dir alles mit den Worten dieses Herrn von Süskindt, möchte aber nicht, daß du schalu wirst. Halte nur den Süskindt weiterhin für einen ganz

harmlosen Jungen und deinen Wappenmaler für einen großen Künstler.«
Der gute Louis war spöttisch, aber beirren ließ sich Kandel nicht. Was er vom Süskindt halten sollte, das wußte er schon lange. Und der Wappenmaler war trotzdem ein Kerl. Den Süskindt magst du auch nicht. Und was wird mit Lili? Die Lili ist dir doch am wichtigsten.

Kandel hätte sich gefreut, wenn er ihr nach der Kutschenmusterung begegnet und sie zu ihm auf den Bock hinaufgestiegen wäre. Du wirst lachen, aber die, die drüben bei der Hospitalkirch' ums Eck geht... Und er ließ den Hansel traben, bog rechts ein und erkannte seine Nichte an ihrem Gang; es kam ihm vor, als ob sie kaum die Füße höbe. Das Klipp und Klapp der Hufe seines Pferdes setzte sich schrittweis hintereinander, während Lili im Schatten der Kirche ging, an Mauern entlang, die von einem Kloster übrigwaren und hinter denen sich ein Hof ausstreckte, grasig und mit Grabsteinen am Rande, eine Heimstatt für Abwesende, die so wie du... Nun drehte sie sich um und winkte, wartete und kletterte herauf. Jetzt war ihm also ein Wunsch erfüllt worden, und er sagte es ihr, die nickte und kaum zuhörte, im Weiterfahren eine helle Haarsträhne übers Ohr wischte und von den Amerongens zu erzählen anfing: »Also du, die Brosche ist schon wieder weg... Ich hab's ja auch noch nicht getan, was der Süskindt von mir will.« Ihre Fingerkuppen waren rissig, und sie hatte rauhe Hände.
»Heut kommst du mir zerzaust vor«, sagte Kandel.
»Muß ich doch sein; ich meine, wenn man einen gernhat. Da machst du dir halt Sorgen, aber später wird es mir vorkommen wie ein Paradies.« »Denk nicht an später, denk an jetzt«, sagte er und wunderte sich über diesen Rat, denn jedem andern Mädchen hätte man wahrscheinlich denk an später... sagen müssen. Lili brachte alles durcheinander,

und wenn sie sagte: »Ich brauche doch etwas für die Erinnerung«, so klang's wie eine alte Weisheit.

»Jetzt wird er mich anschwärzen bei den Amerongens, aber du: das schadet nichts... So etwas muß ich halt mitmachen. Wohin ich danach komm, das weiß ich freilich nicht.«

»Also, wenn du mich frägst, dann sag ich dir: du weißt es, was du tun sollst. Es ist ja auch etwas hinter dem Süskindt, das dir nicht gefällt, denn sonst wärst du nicht zurückhaltend.«

»So? Meinst du?« Und nach einer Weile, während der sie einen Rezeptzettel in den Fingern drehte und zusammenrollte: »Vielleicht... Sicher ist es nicht... Aber weißt *du* immer, was du willst?«

»Ja. Dir sagen, daß der Süskindt ein Duell hat wegen einer Frau, die verheiratet ist.«

»Nichts Neues. Und was hat das mit mir zu tun? Bloß, daß ich um ihn noch mehr Angst hab.«

Es nützte also nichts mehr, was er sagte. Mehr als: »Du hast einen eigenen Kopf« brachte er jetzt nicht heraus und freute sich, weil die Brosche schon wieder verschwunden war. »Wie ist es denn bei deiner Herrschaft, wie geht's denn in der Villa zu?« fragte er, als er die Hospitalstraße hinauffuhr, langsam, in der heißen Mittagsstunde zwischen zwölf und eins. Die Sonne stand steil oben und machte das Pflaster weiß. Kaum Schatten, keine Menschen außer ihm und Lili in der Droschke, wobei das Pferd mit dem Kopf nickte; Tellerklappern aus einer entfernten Küche, Pferdehufestapfen und Lili, die das Rezept zeigte, das ein Doktor namens Rosenberg unterschrieben hatte: darunter Ziffern und Lateinisches. Lili erzählte vom Zimmer der Gräfin Amerongen, das hoch war und nach dem Garten ging: »Wie bei einem Trödler schaut's dort aus, so dicht beieinander stehn die alten Schränke und Kommoden. Der Süskindt sagt immer, in Bayern heiße man das halt einen ›Verhau‹, und die Norddeutschen sagen, bei der Nelly Amerongen sehe es wie bei ›Timpes Erben‹ aus. Also, du kannst es dir denken.«

Kandel nickte und sah, während sie weitersprach, das lange und hohe Zimmer, wo vor einer Tür ein Tisch mit vergoldeten Löwenfüßen stand, ein Tisch, auf dem sich Blumensträuße dick und üppig drängten, meistens Hortensien, rosa gebauscht; darüber ein Christusbild: »Weißt du, ganz genau gemalt und so breit wie die Tür, beinahe schrecklich, weil er darauf lächelt und ganz glatt ist; aber mit der Dornenkrone... Und in einem dicken Goldrahmen unter den Hortensien eine Photographie vom Papst, obwohl die Amerongens evangelisch sind. Ich bring das nicht zusammen ...«, sagte Lili, lächelte und schüttelte den Kopf, die Augen klein und eng von dieser scharfen Sonne, in den Fingern das Rezeptblatt. Doktor Rosenberg hörte die leidende Dame an und sah zwischendurch in den Garten (»also, manchmal steht die wochenlang nicht aus ihrem Bett auf«), übrigens in einen verwilderten Garten mit einer Statue, um die ein grasiger Weg führte; der machte dort einen Kreis, und der ovale Wiesenfleck war also ein Rondell. Übrigens könne man von keiner Seite in den Amerongschen Garten hineinschauen; »was ich als angenehm empfinde«, sagte Lili, und Kandel dachte, Lili habe sich die Redeweise ihrer Herrschaft angewöhnt; übrigens keine schlechte Angewohnheit... Und er fragte, wie sie es sich vorstelle, später, wenn die Sache mit dem Süskindt einmal vorbei sei. – »Dann hab ich die Erinnerung. Der Süskindt würde sagen: ich kultiviere sie... Du, ich find es gut, wenn ich in das, was jetzt ist, immer schon ein bißchen spätere Erinnerungen hereinscheinen lasse. Dann nehm ich's leichter... Und es ist ja auch nicht so besonders wichtig, was ich jetzt mitmache. Weißt du, mir kommt's vor, als ob das alles«, und sie zeigte in die leere Straße, »und daß jetzt viele Leut beim Essen sitzen und daß es manchen schmeckt und manchen nicht schmeckt, daß ein Kutscher namens Kandel seine Nichte Lili, ein gewisses Fräulein Kienzle, durch die Stadt fährt, ein Bub einen roten Kreisel unter der Dachbodentrepp hervorholt und seine Peitsche von einem Sack voll alter Zeitungen wegnimmt; daß ein Mädchen im Stadtgarten einen Leutnant küßt – und wie!« Sie lachte wieder: »Also, daß dies alles irgendwie zusammengedreht oder zusammengequirlt wird (wie wenn ich ein Soufflé mach) und ganz zum Schluß halt die Welt reinigt. Das habe ich vom alten Amerongen, weißt du, von dem, der das Hofblättchen macht und die Nachrichten vom Hof an die Zeitung gibt; und der redet dann von ›Reinigung der Weltsubstanz‹, aber das ist mir zu hoch. Bloß ganz von weither kann ich mir vorstellen, was er damit meint.«

»Ach, mir kommt's vor, als ob du dir's auch in der Nähe gut vorstellen könntest; jedenfalls nicht deutlicher als der Amerongen«, sagte Kandel und wunderte sich wieder einmal, daß seine Gedanken und die Gedanken der Lili (aber ›Gedanken‹ war zu viel gesagt, es waren nur Gefühle) sich glichen oder auch anglichen; da spürte er also wieder einmal diese Einwirkung des einen auf den andern. Nur kannst du halt der Lili gar nichts raten und nichts sagen; weil sie es selber weiß.

»Hast eigentlich mal wieder etwas von dem Fuchsberger gehört, dem Wappenmaler?«

»Das erzähle ich dir später, wenn ich zu dir komm, wie sich's gehört. Dann bringe ich auch die gewaschenen Vorhänge mit.«

Sie glitt vom Bock herunter, noch im Fahren, denn sie mußte in die Apotheke gehen. Kandel wendete und fuhr wieder zur Königstraße, später am Neuen Schloß vorbei, das in der Mittagsschärfe seine gelbgrünlichen Sandsteinflanken wie eine nachgedunkelte Malerei ausdehnte, ein Bild, merkwürdig alt geworden und deshalb schön. Früher war's ihm nie so vorgekommen, und er dachte, daran sei der Wappenmaler schuld. Es war auch so, als ob dieses Bild schon verginge oder schwände: dieser lange Bau mit den wie Zinn schimmernden Fensterscheiben und den starren Wachsoldaten unter dem bronzenen Löwen und dem Hirschen auf den Sockeln; vielleicht auch so, als ob er sich daran erinnere oder es in einem Traum gesehen hätte. »Du, August«, sagte später Egelhaf zu ihm, als er sich wieder mit seiner Kalesche unter die anderen einreihte, »wie du vorhin heraufgefahren bist, vom Marquardt her, also da bist du mir wieder einmal nicht geheuer vorgekommen... So mager und mit deinem Zylinder, und ganz schwarz... Sag, hast denn etwas Unangenehmes gehört?«

»Mach bloß den Gaul net scheu, Louis... Ich fühl mich wohl. Und was soll mir denn fehlen, wo ich doch auf unserer Droschkenmusterung fünfundzwanzig Mark geschenkt bekommen hab. Schließlich ist's so viel, wie unsereins manchmal in einer Woche nicht verdient.«

»Ha freilich. Und deshalb wäre ich dafür, daß wir es feiern. Komm, wir fahren zum Julius Krumm nach Gablenberg hinaus.«

Egelhaf überredete auch die Kollegen Eipper, Gutbrod und Wankmüller, aber Wankmüller wollte schließlich doch nicht recht; er konnte sich halt nicht entschließen. Also machten sie sich ohne ihn über den Heidehof nach Gablenberg auf und ließen vor Julius Krumms Weinwirtschaft zum ›Hasen‹ ihre Peitschen knallen.

Der Sonntag, und daß Lili ihn besuchte, das war etwas Besonderes für August Kandel. Da stand sie jetzt also im Hof, den Korb mit seiner gewaschenen Wäsche und den Vorhängen neben sich und hauchte einen flaumigen Federknäuel mit weißlichem Schnabel auf der flachen Hand an: »Seine Füß kitzeln mich. Das ist aus dem Nest gefallen. Wie bring ich's denn wieder hinein?« – »Die Alten füt-

tern's doch. Komm, wir setzen's auf den Deckel vom Wasserfaß.« – »Aber, ob's dann wirklich net verhungert?«
Die Wäsche roch nach Lavendel, und sie sagte, da habe sie einen von den Lavendelbeuteln zwischen die Hemden gelegt, die sich die junge Amerongen immer aus der Camargue schicken lasse, aber sie wisse auch nicht genau, wo das sei... Und Kandel nahm ihr das runde Polster vom Kopf, auf dem sie den Korb hergetragen hatte. – »Das hätt ich fast vergessen«, sagte sie. Er trug den Korb hinauf und freute sich an der duftenden Wäsche. – »Weißt, Lili, das ist halt schön. Ich dank dir herzlich«, sagte er und legte ihr beide Hände auf die Schultern. Und sie: »Ach, jetzt mach's no halbwegs...« Es schien ihm, als ob sie verlegen werde. Dann stieg sie auf einen Stuhl und fing an, die Vorhänge festzumachen; es ging recht flink. Er fragte, ob sie nicht, ihrer rissigen Hände wegen, Lanolincrème probieren wolle, sie aber wehrte erstaunt ab: »So, meinst du? Aber ich bin doch bloß ein Dienstbote.«
Das verstand er nicht; es wahr ihm fast unheimlich, daß sie's sagte. Zwar wußte er, daß sie nicht mehr sein wollte als sie war, aber auf diese Weise sich sozusagen wegwischen: das ging doch nicht. Und Kandel dachte, daran sei dieser verfluchte Süskindt schuld.
Sie machte den Kaffee, und er holte den Guglhupf, bestreute ihn mit Staubzucker und war froh, daß er Lili wenigstens den Guglhupf anbieten konnte. Der Bäckermeister in der Alleenstraße hatte in Wien gelernt, und deshalb war es also ein originaler Guglhupf. Trotzdem wollte er nicht von Wien erzählen, sondern etwas über den Wappenmaler hören. Und Lili sagte, der habe sich im Schloß wieder einmal allerlei geleistet: »Mit einem Arm voll Papieren – und zwei sind ihm davongeflattert – hat er's tatsächlich geschafft, daß er hineingekommen ist zum König. Der ist gerade mit dem Kabinettssekretär bei der Arbeit g'sessen.« – »Dann war's genau der richtige Moment, oder

nicht? Aber erzähl weiter.« – »Also, der Diener, der die Blätter im Gang aufgehoben hat, der meint, daß eine Urkunde dabeigewesen sei, auf der gestanden habe: ›Anton von Fuchsberg und Sossau.‹ Und ganz unten klein und dünn: ›Franz Joseph.‹ Glaubst du, daß es stimmen kann?« – »Ohne weiteres.« – »Aber du hast ihn nicht erlebt... Also, ich sag dir, wie der den Diener weggeboxt hat: Besonders elegant kann das eigentlich nicht gewesen sein... Ich meine: nach dem, wie es der Diener mir erzählt hat.« – »Du bist ja nicht dabeigewesen.« – »Aber erzählt hat er's mir doch, der alte Münch. Und mich in die Seite geboxt, wie ihn der Fuchsberger geboxt hat. Damit ich's ihm auch glaube. Und ich muß sagen: seitdem glaube ich's. Und du würdest's auch glauben.« – »Aber, ich glaub's ja. Unbesehen.«
Ein grober, jähzorniger Bursche also, dieser Wappenmaler; es paßte gut zu ihm. Und Kandel dachte: wenn du dich so verhieltest, wie es dir zumut ist, wärst du auch nicht anders als der Wappenmaler... Wenigstens, wenn du dran denkst, wie widerwärtig dir der Süskindt ist... Doch dann besann er sich und wußte, daß es nicht ganz stimmte. So wie der wärst du gerne, nur könntest du es nicht durchhalten. Und hatte es Fuchsberger vielleicht weit gebracht? Der war doch auch nicht mehr als ein Bedienter. Aber herumreisen, mal da auf einem Schloß wohnen, mal dort, und immer wieder andre Leute sehen, war interessanter als in der Alleenstraße Lohnkutscher sein. Trotzdem konnte den Wappenmaler niemand leiden. Sie machten sich doch alle lustig über ihn, oder er war ihnen widerwärtig (wie dir der Süskindt), indes der Kutscher Kandel immerhin bei seiner Nichte beliebt war; auch beim Egelhaf, und vielleicht gar bei anderen Kollegen. Jedenfalls sah Wankmüller immer bekümmert drein – besser als der hast du's auf jeden Fall – und wenn ihm, wie er sagte, seine Frau den Hintern zugewendet hatte, fühlte er sich ganz tief unten. Egelhaf war verheiratet und trotzdem fröhlich. – »August,

i will's net anders haben! Es würd mir grausen, wenn ich... Also, beneiden tue ich die andern nicht so viel, wie ich Dreck unterm Fingernagel hab«, sagte der und hatte stets saubere Fingernägel.
Er erzählte es der Lili, die sagte: »Damit meinst du bloß, daß ich meinen Süskindt wegschieben soll. Oder net?«
Sie lächelte zwar, nur schnitt halt über ihrer Nasenwurzel eine Falte in die Haut. Und Kandel wollte jetzt vom Süskindt nichts erfahren, weil er sonst eine Wut bekommen hätte, heidesack und was für eine! Halt a Sauwut hätte der Kandel bekommen, weil dieser Süskindt seine Nichte so lahm gemacht hatte, daß sie sagte: ›Aber ich bin doch ein Dienstbote.‹ Deshalb schwieg er, und Lili fragte, wie schon oft, ob er mit seinem Hansel geschwätzt habe. Die andern hatten recht, es war seine Gewohnheit, mit sich selbst zu reden und dabei ›Was meinst du, Hansel?‹ oder ›Net wahr, so ist's doch?‹ einfließen zu lassen. Daß dies die anderen befremdete, war ihm bekannt, aber sie mußten sich damit abfinden, denn so war er halt. – »Ein träumerischer Mensch, der Kandel«, pflegte Egelhaf zu sagen, und das stimmte auch. Du mußt weggehen können, gut, daß du wenigstens hinter deinem Kopf in ein anderes Zimmer treten kannst... Wenn es dieses ›andere Zimmer‹ nicht für ihn gegeben hätte, wäre es ihm unmöglich gewesen, alles auszuhalten; seine geduldige Zufriedenheit in der Alleenstraße mit einem Leben... nun, halt so, wie es ein jeder lebte. Doch jetzt wurde es anders, jetzt erreichte er den Wappenmaler, und der führte ihn dorthin, wo Neues lag. Oder bildete er sich nur ein, daß er so etwas nötig habe?
Ein Traum fiel ihm ein, und er ging mit dem Wappenmaler in einen Hinterhof, wo eine Bretterbude stand. Darin hingen an der Decke Warenballen, auf die Tannenzweige gelegt waren; dazwischen schaute Himmel her. Es kam ihm vor, als ob's über der Hütte brenne, doch waren es nur

Sterne, die so nahe standen, daß sie herabzuhängen und in den Tannenzweigen zu stecken schienen. Dann ging er mit dem Wappenmaler durch die Stadt, wo die Fassaden silbergrau wie verwittertes Holz waren. Wollige Pappelsamen schwebten vorbei und verwischten die Häuser. Kandel erzählte es Lili, die nickte und sagte: »Ja, manchmal möcht ich auch alles wegschmeißen, genau wie du.«

»Komm, wir tun's. Morgen fahren wir in meiner Kutsch' nach Wien und fangen wieder einmal ganz von vorne an.« Sie lächelte: »Ich weiß schon, daß es dumm ist, wenn man anders leben möchte; wenigstens in der Phantasie.« – »Der Wappenmaler, der lebt anders.« – »Und wie! Halt als ein Schwindler... Nein, den beneid' ich nicht. Da denkst du dir was Falsches.« – »Aber was denkst du dir in deiner Phantasie?« – »Ach, halt immer beim Kuno sein... Ich bin bei dem ganz gern Dienstmädchen, aber weißt: Ohne Küssen und so wär mir's lieber. Und seine Frau, die mag mich... Aber ich denk mir's bloß. Der hat doch in Wirklichkeit noch gar keine.«

»Du weißt nicht, ob er andre hat als dich.«

»Jetzt bist du auch so wie die andern. Die sagen immer: ›Wart nur, bis der dich mal wegschubst...‹ Und wenn er's tut, was soll mir's denn ausmachen? Ich hab dir doch schon oft gnug g'sagt, daß ich dann im Nachhinein daran denken kann.«

»Du bist gut, Lili«, sagte Kandel, denn mehr fiel ihm nicht ein. Die Schwarzwälderuhr rasselte, und ihr Kuckuck schrie viermal. – »Ach, herrje, da muß ich jetzt zu meiner Herrschaft... Onkel August, 's war für mich wieder mal schön. Begleitest mich noch bis zu meiner Villa?« – »Ja, bis zu deiner Villa...«, sagte er, und beide lachten.

Auf der Straße hatte die Luft einen Hauch vom Wald. Über Kastanienkronen, auf dem weißsandigen Straßenboden und den grünlichen Stufen des Königsbaus dehnte sich das Licht, gleichmäßig und ohne Schärfe, während es die Hänge klar machte und viele Fensterscheiben blitzen ließ. Das Schloß mit Schieferdächern und vergoldeter Krone hatte sich zurückgezogen. Wer kam, wer redete, wer fuhr und war noch da? Nur er und seine Nichte gingen weiter, während eine Kutsche mit goldenen Adlern auf den Lampen eilig trappelnd gezogen wurde; und die gehörte der Herzogin Wera.

Lili wußte es. – »Und tatsächlich: Der Fuchsberger sitzt drin!« rief sie und deutete mit ihrem Sonnenschirmchen auf das Gefährt, das Kandel nur von rückwärts sehen konnte. Daß aber dieser kahlköpfige Mann, der darin lehnte und von dem nur die Schädeldecke sichtbar war, der Wappenmaler sein sollte, das glaubte er nicht; und er sagte zu Lili: »Da täuschst du dich bestimmt.« »Glaubst du, der wäre größer? Der ist so klein wie...«

Sie schwieg. Kandel wußte, daß sie ›wie du‹ hatte sagen wollen, schüttelte den Kopf und sagte: »Das weiß ich ganz bestimmt.« Er deutete auf die leere Straße, wo ein Fachwerkhaus herunterschaute, ein brüchiges, blindes und leeres Gebäude, das er seit langem kannte und vermissen würde, wenn es nicht mehr an seinem Platze stünde. Und wieder dachte er an Wien, wo alte Häuser zwar nicht abgerissen, dafür aber ›demoliert‹ wurden, was ihm ehrlicher erschien, weil ›demoliert‹ zerstört bedeutete. Denn wer hing nicht an einem alten Haus? Nur Leute, welche glaubten, daß in der Zukunft alles besser würde; zu denen aber wollte Kandel nicht gehören, und deshalb meinte er, daß auch der Wappenmaler... Und er sagte zu seiner Nichte: »Der Fuchsberger kann es nicht gewesen sein, denn der ist doch altmodisch angezogen.« – »Ja, schon... Deshalb jammert er auch immer und beklagt sich. Also, ich sag dir: es muß ja richtig peinlich sein, wie sich der benimmt. Zum alten Münch – der ist Lakai im Schloß – hat er gesagt: ›Da, schau mich an! So läßt mich deine Herrschaft herumlaufen... Nicht mal für einen neuen Rock langt's mir! Das ist doch eine schäbige Bagage!‹ Und dann schimpft er auf jeden bis herunter zum Herrn von Amerongen, der das Hofblättchen macht, und sagt, alles sei sowieso faulig und fange langsam an zu stinken: Sauerei und so... Wenn sogar die Küchenjungen über ihn spotten und sich vor ihm verneigen: ›Habe die Ehre, Exzellenz‹... oder der Korporal von der Wache zu ihm sagt: ›Wann befördern Sie mich denn zum Oberst, Graf?‹ dann muß es doch schon arg sein...« Und Lili fügte hinzu, der lobe die mit Benzin fahrenden Kutschen, die einen argen Krach machten und abscheulich stänken, und sage, alle anderen gehörten samt und sonders auf den Komposthaufen geworfen. »Also kann er's nicht gewesen sein, denn der ist mit dem Gaul gefahren.

»Weil's ihn nichts kostet. Und weil er scheußlich schimpft, kriegt er's umsonst. Die Leut am Hof sind doch gemütlich. Die lachen halt.«

»Lili, das kann nicht stimmen. Der hat ein Goldstück bei mir wechseln lassen.«

»Glaub ich dir ohne weiteres. Damit protzt er immer. Den Lakaien zeigt er die Goldstücke und sagt: Die hat mir unser Kaiser g'schenkt... Und du mußt doch auch sagen: Das tut kein feiner Mann?«

»Ja, schon...«, sagte Kandel und dachte: sicher meint sie einen andern. Er ließ sich nicht drausbringen, auch durch seine Nichte nicht. Und jetzt gingen sie auf die Villa Amerongen zu, die herausragte in die Luft des Nachmittags, diese gemilderte. Eine Gaslaterne stand am Trottoirrand. Linker Hand drängten Büsche durch den Staketenzaun, und dann stand dieser Holunderbaum da, wie er noch nie einen gesehen hatte; darüber der Balkon der Villa mit dem Schieferdach. Wenige Fenster schauten nach der Straße, und Kandel kam es vor, als sei dies gar nicht das richtige Haus.

»Also, Lili... und hoffentlich seh ich dich einmal wieder. Mach's gut.« Und er gab ihr die Hand.

Da war nun also auch die Lili eine, die nicht glauben wollte, daß der Wappenmaler ein beachtlicher Mann sei. Den Herrschaften am Hof gefiel er, weil er die Langeweile hinausboxte; und wenn er so war, wie Lili ihn beschrieben hatte, dann mußte er ein auffallender Bursche sein, das auf jeden Fall. Die am Hof freuten sich an einem solchen, weil er anders als sie war, diese Normalen, anders auch als Kandel, Wankmüller, Eipper und Egelhaf. Der gab sich nicht zufrieden, der fand sich nicht geduldig und sanftmütig mit dem Stumpfsinn ab.

Aber, was dachte er! Es stimmte doch nicht, wenn er dachte, sein Leben sei langweilig, denn so etwas wie Überdruß, das kennst du nicht.

Er fuhr jetzt wieder Leute und sah sie an. Merkwürdig, daß niemand dabei war, der ihm aufgefallen wäre; in der Jugend hatte es sich häufiger ereignet. Da war ihm manchmal eine Frau begegnet, von der er gedacht hatte: Oh, net schlecht... Jetzt aber erinnerte ihn nur noch Lili an Franziska Leutrum, die ihm als Siebzehnjährigem begegnet war; denn immer zeigte sich ihm das Besondere nur dann in menschlicher Gestalt, wenn es eine Erinnerung an dieses Schloßfräulein heraufrief.

Übrigens hatte diese Dame einem bestimmten Typ angehört, allerdings nur äußerlich; denn Typen waren immer äußerlich, regten aber an, genauer hinzuschauen. Und Kandel sah sie wieder: Eine Schlanke, eine Blonde, das Haar wie ausgebleicht und beinah mager, eine mit großen Augen und starkem Mund; natürlich auch eine Empfindliche wie Lili, eine, deren Handrücken die Sehnen unter der Haut sehen ließ, eine mit langen und kräftigen Fingern. Und öfters hatte sie von oben her geredet, doch nicht nur, wenn sie auf dem Bock ihrer Chaise gesessen und aus der Stadt

zurückgekommen war und neben sich in den Kutschenpolstern viele verschnürte Päckchen liegen gehabt hatte; auch auf der Straße hatte ihr jeder angemerkt, daß sie gewohnt war, Dienstboten zu haben. Von so etwas wurde der Mensch anders gemacht als er von Natur aus war, ebenso wie Lili davon anders gemacht wurde, daß sie ein Dienstmädchen war. Trotzdem hätte sie sich, ihrer schrundigen Fingerkuppen wegen, Lanolincrème kaufen sollen. Kandel wartete in der unteren Königstraße, dem Marstall gegenüber, neben seiner Kutsche. Hansel schlug mit dem Schwanz, den er ihm nicht hatte coupieren lassen, wie gewisse neumodische Kutscher es zu praktizieren pflegten; ein Pferd mußte sich die Fliegen von den Flanken wischen können. Und wie gut war's, bei der Hitze in der Stille einen solchen rauh flitzenden Schweif zu hören, dessen Haare sauber, trocken und hart waren. Mit der Mähne und wenn es seine Muskeln zucken ließ, konnte sich jedes Pferd die Fliegen vom Hals und von den Beinen scheuchen, und dieses Zucken, das wie Wellen unter der Haut lief: jawohl, das war etwas Besonderes, eigenartig und seit langer Zeit gewohnt, wahrscheinlich länger als er bisher gelebt hatte.
Kandel stand mit seiner Kutsche im Schatten. Die Dame, auf die er warten mußte, hatte er vor dem Eingang des Marstalls ausgeladen, eine schwere, unter der Hitze stöhnende Person, die gesagt hatte, sie sei eine Dichterin; übrigens eine mit österreichischem Dialekt und schon recht ältlich, massig und das Gesicht vom weißen Heiligenschein einer Florentinerhutkrempe umgeben; und Handschuhe mit Durchbruchstickerei reichten ihr über die Ellenbogen.
Imposant. Trotzdem getraute sich Kandel, wegzugehen und in ein Friseurgeschäft zu treten, wo er für Lili eine Dose Lanolincrème kaufte. Als er wieder auf das schattige Trottoir kam, stieg seine Kundin, brummelnd und mit sich selber redend, in die Kutsche, die wie ein Kahn schwankte. Und so beeilte sich denn Kandel, ihr im letzten Augen-

blick noch beizuspringen, ihren Oberarm zu stützen, der sich feucht und fett anfühlte, und auf dem Lederpolster jene violette Wolldecke zurechtzuziehen, die er sich in Erinnerung an Egelhafs Samtpolster gekauft hatte.
»Zum Schloß!« sagte die Dicke. »Remiseneingang, wenn's gefällig ist!« Er fuhr, überlegte, wer sie sein könnte, dachte: vielleicht die Mutter einer Zofe oder die Frau eines Kutschers. Kollegenfrau... Kollegenfrau... trappelten die Pferdehufe, und Kandel freute sich am Juninachmittag. Die Kastanien am Karlsplatz hinterm Alten Schloß verstreuten ihren Blütenschutt, die Talhänge schauten herab, und ihr Grün wurde von Fenstern durchglitzert, als ob es Spiegel wären.
»Warten«, sagte die Dicke, nachdem sie ausgestiegen war. Und dir paßt es nicht, daß sie Wienerin ist; eine solche hättest du gern milder... Zurechtmodeln konnte man sich halt die Menschen nicht, und das war gut.
Nach einer Weile kam sie wieder hergesegelt, diesmal mit dem Wappenmaler, der neben ihr wie geschrumpft und zusammengeschnurrt aussah, einer Hutzel oder verschrumpelten Zwetschge ähnlich. Sein Malerskittel war recht flekkig. Er sagte: »Also, Milli, selbstverständlich. Ich komme, wenn es fünf Uhr schlägt. Sie erwarten, daß ich meine Arbeit für heut fertig mach. Das muß ihnen zugebilligt werden, oder meinst du nicht? Also, wenn sie mich bezahlen, bitte schön...« Und Fuchsberger half seiner Frau in die Droschke, schaute faltig und ängstlich zu Kandel auf, winkte und verneigte sich und stand noch auf dem Trottoir, als Kandel schon am Alten Waisenhaus vorbei der Hauptstätterstraße entgegenfuhr, wo Frau Fuchsberger im Gasthof zur ›Sonne‹ einlogiert war; dort hatte sich auch eine Hühneraugenoperateurin namens Fräulein Allgaier niedergelassen, wie Kandel aus dem ›Neuen Tagblatt‹ wußte.
Frau Fuchsberger wollte vom Betrag, den er ihr nannte, eine Mark herunterhandeln, doch sah er sie nur an; da gab

sie ihm sein Geld. Und sofort fuhr er weg, hatte Schwierigkeiten beim Wenden in der von Botenfuhrwerken verstellten Straße; aber es ging, und er kam gut heraus, die Fahrt mit der Fuchsbergerin hatte sich gelohnt, weil er die Taxe höher angesetzt hatte als gewöhnlich, freilich nur um fünfzig Pfennige. Die Frau war schwerer als normale Damen und belastete ihm seine Wagenfedern und Polster über Gebühr; dies mußte einkalkuliert werden.

Oder wollte er sich an ihr rächen, weil es ihn ärgerte, daß dieser Wappenmaler verheiratet war? Jawohl... Du liebe Zeit, wie war der Wappenmaler friedfertig vor ihr gestanden, sozusagen degenmäßig, eine unscheinbare Hutzel... Und Kandel sagte zu sich selber: Nun siehst du die Kehrseite der Medaille... und suchte, als er für sich in der ›Oberen Stube‹ saß, die Goldmünze hervor, die er vom Wappenmaler im Portemonnaie verwahrte, drehte sie in den Fingern, fand sie vorn und hinten gleich blank und ließ sie auf dem Eichenholztisch klingen, ganz für sich beim Ofen in der getäfelten Ecke, wo die Lampe tief herabgezogen brannte, hier noch mit Petroleumlicht; doch dies war das Schöne an der Oberen Stube, wo Kandel sein Viertel Gablenberger schlürfte und eine Laugenbrezel brach. Er wünschte, daß der König hereinkäme und sich zu ihm setzte, ihn aufklärte über den Wappenmaler und ihm sagte: ›Lieber Freund, alles ist Lüge, was die andern über Fuchsberger ausstreuen. Sie sind der einzige, der ihn als das erkennt, was er tatsächlich ist: eine originale und einmalige Person, ein Mann von imperialem Zuschnitt, sozusagen... Wobei zu beachten wäre, daß das Imperiale...‹ Und Kandel horchte auf die Worte seines Königs, der nicht da war, aber etwas hatte sagen wollen, das ein Kutscher in sich selber lediglich dumpf spürte, vielleicht als eine nachgiebige Stelle im Gedächtnis, wo ein Satz fehlte, den die österreichische Kaiserin vor Zeiten gesagt und ein Redakteur aufgeschrieben hatte. Wie er aber gewesen war, der Wortlaut... Dem Sinn nach etwa so, das sogenannte Imperiale werde... Aber es fiel ihm nicht mehr ein, obwohl sich dieser Satz damals herumgesprochen hatte, nicht nur unter Offizieren, sondern auch bei Kutschern, um schließlich hineinzuschwinden in den Boden oder in die Luft.

Gut, daß du's nicht mehr weißt. Und jetzt bist du bei deinem dritten Viertele...

Der Wappenmaler kam, legte den Havelock ab, und ein schwarzer Zipfel wischte an Kandels Schläfe im Luftzug vorbei. Fuchsberger setzte sich zu ihm und sagte: »Gut, daß ich Sie treffe.« Dann schaute er sich um, drehte die Hakennase nach der Seite, eine Faust auf den Holztisch gestützt; wie einer, der weiß, was er will, und aus einem goldenen Bilderrahmen herschaut. Er bestellte eine Flasche Rotwein, ließ sich ein Glas vollschenken, kostete und sagte, es sei gut angewärmt. Er äußerte sich wie ein Mann von Welt, und so gehörte es zu ihm, bis er dann etwas sagte, das sich auf Süskindt bezog und dem Kutscher niedrig vorkam. Gleich danach aber: »Mich dünkt, als goutierten Sie dasselbe nicht? Aber mögen Sie vielleicht Herrn Süskindt?« – »Was ich denke, hat nichts mit einem gemeinen Wort zu tun«, sagte Kandel, worauf Fuchsberger seine Fäuste auf der Tischplatte übereinanderlegte, das Kinn darauf stützte und grimmig sagte: »Wir werden es schon noch zu Boden kriegen.« Und er flüsterte Kandel zu, Süskindt benütze seine Nichte, wie's ihm passe, aber das sei Kandel sicher längst bewußt geworden. »Oder sag ich Ihnen etwas Neues? Also nein. Oh, wissen Sie, ich schaff es schon... Als Sekundant des Süskindt werd ich dafür sorgen, daß es diesen Mann bald nicht mehr gibt. Oder kann ein Sekundant bei einer Säbelpartie nichts ausrichten? Oh, er kann, indem er nichts, oder besser: fehlerhaft einspringt, damit die Klinge jenes anderen ins Ziel trifft.«

Dem Kutscher kam es vor, als ob der Wappenmaler so

wie er über ein Duell spräche, also als einer, der sich nur etwas vorstellte, das es nicht gab. Oder es hatte sich allmählich alles zu Schatten aufgebläht. Und du bist froh, daß der Kerl endlich geht.

Jetzt wußte er über den Wappenmaler nichts Sicheres mehr. Das war vielleicht ganz gut. Jedenfalls – und dies erschien ihm wichtig – hatte Fuchsberger über Lili nichts Verächtliches gesagt. Nach dem Gespräch wusch er sich die Hände.
Jedenfalls kommt dir Fuchsberger jetzt als verlogener Kerl vor, dachte Kandel und hörte bald danach von Egelhaf, als er neben ihm sein Regendach hochklappte: »Du, ich weiß von deinem Wappenmaler etwas Neues. Er lebt mit einer Hühneraugenschneiderin zusammen, die heißt Fräulein Allgaier.« Und Egelhaf zeigte ihm eine Seite des ›Stuttgarter Neuen Tagblatts‹, wo zwei schwarze Hände auf die Überschrift: »Telegramm!« und die Wörter: »Ohne Messer! Ohne Messer!« zeigten. Im Gasthof zur ›Sonne‹, Hauptstätterstraße 52, über eine Treppe, hielt Fräulein Allgaier von elf bis drei Uhr Sprechstunden ab und bat, ihre Methode ja nicht mit dem gewöhnlichen Hühneraugenschneiden zu verwechseln. »Überzeugung macht wahr!« und »Hochachtungsvollst die Obige« las Kandel, und Egelhaf sagte: »Da tut's dir wahrscheinlich arg leid, daß du keine Hühneraugen hast. Stell dir vor, du könntest über Fräulein Allgaier mit deinem Fuchsberger zusammenkommen!«
»Mit dem bich ich doch gestern in der ›Oberen Stube‹ gesessen. Und die Annonce hab ich schon einmal gelesen. Du wirst lachen, Louis, aber das Fräulein Allgaier ist eine Dicke. Ich hab sie vorgestern gefahren.«
Da lachten sie zusammen, und Egelhaf sagte, was man als Kutscher sehe, sei also doch etwas wert. »August, ich möcht mit keinem tauschen!«
Wieder mal hatte Louis recht. Lili war ein Mädchen, das sich an seinem Leutnant freute; die wollte nicht wissen,

was er tat, wenn er von ihr weg war, und wegen der Duellgeschichte hatte sie nur Angst um ihn; etwas anderes bekümmerte sie nicht. Also handelte sich's hier um so etwas wie ›große Liebe‹ und war bewundernswert. Fuchsberger und Fräulein Allgaier aber waren ein kurioses Paar, das auf die Regierenden schimpfte und gerne zu den Adligen gerechnet worden wäre. Oder verhielt es sich anders? Stand mehr auf dem Spiel?

Kandel wickelte die Schachtel mit Lanolincrème in Packpapier, verschnürte sie und gab das Päckchen am Lieferanteneingang der Villa Amerongen bei der Köchin ab, einer, wie er erfuhr, beim ›Schwäbischen Frauenverein‹ geschulten Frau, von der er meinte, daß er sich auf sie verlassen könne. Lili hatte erzählt, daß sie seit dreißig Jahren in der Familie sei.

Jedenfalls hoffte er, daß alles so sein sollte, obwohl der Süskindt die Brosche seiner wunderlichen Großmutter verschwinden ließ, um Lili in Verdacht zu bringen. Dies erwies sich sozusagen als verteufelt, auch wenn er es von dieser oder jener Seite ansah. Ein Leutnant konnte sich, um mit einer wie Lili dorthin zu kommen, wo er gern gewesen wäre, etwas Liebenswerteres einfallen lassen als bloß einen solchen Trick, der auf eine Verhaftung Lilis hinauslaufen konnte. Sie sollte Schmuck gestohlen haben, weil die Brosche der alten Dame in ihren Sachen gefunden worden war.

Aber Schluß damit; es war noch nicht so weit. Und schließlich hatte sich so etwas nur ein junger Mann ausgedacht, dem bald wieder etwas anderes einfallen würde. Doch wenn es einmal passiert war...

Ach nein, es passierte nichts. Das wäre ja wie eine Zuspitzung im Theater gewesen, und das geschah im Leben nie. Oder es geschah etwas, mit dem niemand gerechnet hatte, ja, das schon... Jedenfalls war's seltsam, daß trotz allem Lili nicht so blind gemacht worden war, daß sie mit ihm

überall hinging. Da mußte sie doch irgendein Gefühl dran hindern, als ob sie ihm trotzdem nicht traute.
Also durchschaust du es und fühlst dich als ein weiser Mann. Deiner Nichte hast du eine Schachtel mit Lanolincrème zukommen lassen, damit sie sich die aufgesprungenen Finger einreiben kann. Oder meinst du, es sei am Ende möglich, mehr zu tun? ›Am Ende‹ kannst du nichts mehr ändern, das steht fest; aber so weit sind wir noch lange nicht. Und du als der Onkel mußt abwarten; vorerst bleibt dir nichts anderes übrig... Und Kandel hoffte, dem Wappenmaler und der Hühneraugenoperateurin zu begegnen, die vielerlei Geschichten aus der Lebenspraxis wissen mußten. Darauf bist du neugierig. Um dich abzulenken, erführest du gern irgend etwas Kurioses.
Wieder aß er im Gasthof zur ›Sonne‹, und bald kam Fräulein Allgaier hereingesegelt. Sie schimpfte mit dem Wirt, nannte ihn einen Sauigel, weil er um halber zehne in ihr Zimmer komme, ohne anzuklopfen, worauf der Mann ausrief, bei ihr liege der Boden voller abgeschnittener Fußnägel und Hornhäute, und die könne er nicht liegenlassen, wenn um elf die Leute in ihre Sprechstunde kämen. »Und wenn sich's Zimmermädle weigert, bei Ihnen zu putzen, weil's ihr graust, dann muß ich's selber machen. Ond i han bloß om halber zehne Zeit, weil meine Frau schon in der Küch' ist. Als anständiger Mensch liegt man au net so lang im Nest!«
Da hatten also wieder beide recht. Fräulein Allgaier trug eine bauschig hochgetürmte, messingglänzende Frisur, setzte sich zu Kandel an den Tisch und brummte: »Muß ich mich da hinsetzen zu fremden Leuten.« Wieder rief sie den Wirt herbei und sagte, also wenn sie schon für vierzehn Tage hiersei, könne sie einen eigenen Tisch verlangen. Und sie wandte sich an Kandel, sagte: »Dees moinet Sia doch au, oder net?« worauf sich Kandel über ihre Verwandlungskunst wunderte, denn gestern hatte er sie

anders reden hören. Jetzt aber »strupfte sie sich die Ärmel 'nauf«, weil es »saumäßig hoiß« sei, und machte sich über die Suppe her. Sie sprach mit Kandel und sagte: »Sie kenn i genau. Ja, Sie machet mir nex weiß. I woiß mei Sach ond merk mer d'Leit.« Und während sie ihr Essen behend zerteilte, schwatzte sie über ihre Erfahrungen mit den Leuten, sagte, da sei doch heut eine bei ihr gewesen und habe sich nicht einmal die Füße gewaschen g'habt. Was man alles erlebe, ach, du liebe Zeit... Zum Beispiel ein gewisser Professor Luchini – »also aus einer alten Familie und gewaltig reich« – der sei, sobald er sich von ihr behandeln lasse, nett und so arg degemäßig, daß man glaube, er könne bloß Katzen streicheln. Kürzlich aber, im Theater, wo sie hinter ihm gesessen sei, da habe sich der umgedreht und immerzu an ihr vorbeigeschaut, auch draußen auf dem Gang getan, als ob sie weniger als ihre Schuhe wäre. Und Kandel nickte, gab ihr recht, nahm einen Schluck Wein und dachte, schade, daß er auch von ihr nichts Neues hören könne, denn all dies wußte doch ein Kutscher längst.

Er hoffte, daß der Wappenmaler sich in der Wirtschaft einfinden werde, doch ereignete sich's nicht. Statt dessen redete Fräulein Allgaier über Fuchsbergers Handwerk, das sie eine hochstehende, bei weitem nicht entsprechend gewürdigte Kunst nannte, und Kandel zuflüsterte: »Seine Größe zeigt sich aber ganz woanders: In der Aktmalerei!« – »So? Und woher kriegt er die Modelle?« fragte Kandel und erfuhr, das sei der wunde Punkt, da habe Kandel recht; mit den Aktmodellen hapere es bei ihm. »Er ist halt so fürs Schöne« (sie sagte »Scheene«) »und kriegt bloß Wüstes. Daran liegt's, Sie aber könnten ihm doch helfen.«

»Fräulein Allgaier, dafür bin ich der Falsche«, sagte Kandel und wurde zurechtgewiesen, denn so sei's nicht gemeint gewesen; aber seine Nichte Lili eigne sich vortrefflich für eine Modellsitzung. – »Womöglich in der Remise zwischen den Hofkutschern?« fragte Kandel und sah, wie die andere den Kopf rückte: »Nicht einmal so übel... gar net schlecht. Ich meine: Für ein Bild in allegorischem Geschmack.«

Da kam der Wappenmaler in die Gaststube herein, setzte sich neben Kandel, ergriff seine Hand und sagte: »Sie werden mir behilflich sein. Ich habe den Auftrag für eine Supraporte und freue mich, ihn vom König persönlich ... Na, Sie wissen schon... Also, ich möchte Ihre Nichte als blumenstreuende Flora oder so ähnlich malen. Vermitteln Sie mir doch diese Bekanntschaft.« Und Fuchsberger ließ sich über die Bedeutsamkeit eines solchen Gemäldes aus, indem er sagte, es solle über der Tür zum Arbeitskabinett Seiner Majestät angebracht werden; weil aber Fräulein Lili immer die Rohbögen des Hofblattes zur Zensur und Korrektur ins Schloß bringe, wäre es, allein schon aus praktischen Gründen, wünschenswert, wenn sie sich, zumindest für den Entwurf seiner Arbeit, zur Verfügung stellen könnte.

»Weiß Herr von Süskindt über diesen Vorschlag Bescheid? Hat er ihn am Ende gar angeregt?«

»Leider nein, Herr Kandel. Die Idee ist nur mir beigekommen.«

»Ich will mir's überlegen, Herr Fuchsberger, glaube aber kaum, daß ich meine Nichte werde überreden können. Sie wissen sicherlich aus eigener Erfahrung, wie halsstarrig junge Leute sind.«

Der Wappenmaler wischte etwas aus der Luft und sah nach oben.

Die Sache war geschickt eingefädelt und genau überlegt. Also rechnete Süskindt damit, daß Fuchsberger den Kutscher Kandel überreden werde, bloß war der halt inzwischen vom Fuchsberger abgerückt. Der Leutnant konnte das nicht wissen, und Kandel verzieh ihm großmütig seine Unkenntnis. Du bist jetzt also so etwas wie eine Schlüsselfigur in der Liebesgeschichte deiner Nichte und wirst dich

deshalb in acht nehmen, zu verraten, was du vom Wappenmaler denkst. Ohne dich kommen die nicht aus. Du bist einer, der Gewichte verteilen, die Sache arrangieren kann, wie's ihm gefällt; nur weißt du leider nicht, ob dann die Waage auch so ausschlägt, wie du's wünschst. Oder, falls du bei dieser Sache an eine Pistole denkst: Der Schuß kann hintenhinaus gehen, auch wenn du noch so vorsichtig und schlau sein willst. Du wirst also die Sache weiterwachsen lassen, ohne zu verraten, was du von ihr hältst.
Es schien ihm so, als mische sich da mehr hinein, als er erkennen konnte. Von außen kam etwas hinzu, das vielleicht in der Luft hing oder auch nichts anderes als Luft war, die das Blut anders machte. Dann wirst also auch du davon verändert, ohne daß du's merkst... Und dieser Wappenmaler wär für ihn nicht mehr als jeder andre, den er kannte. Er dachte: schade... wunderte sich, weil das Bild, das er sich von ihm gemacht hatte, mit einem neuen vertauscht worden war, das einen widerwärtigen Kerl zeigte, der sich in alles hineinmischte. Trotzdem gehörte dieser Fuchsberger zu ihm, sonst wär er nicht mit ihm bekanntgeworden. In dir muß etwas sein, das auch im Wappenmaler drin ist... Und was mochte es sein? Vielleicht, daß er nicht geheiratet hatte. Aber Menschenfeind war er doch keiner? Ein bißchen schon, weil du sonst keinen solchen Abstand von den andern hättest. Vielleicht kommt's daher, daß du die Franziska Leutrum nicht bekommen hast? Aber die war doch für dich unerreichbar, und du hast dir niemals eingebildet... Und du weißt es längst... Nur könnte vielleicht einer, der dich genau kennt, sagen, daß es dir davor gegraut hat, mit einer Frau zu leben, weil du dachtest: wenn sie krank wird oder stirbt, dann quält's dich so, daß du's nicht aushältst... Und deshalb hast du es so eingerichtet, daß du allein geblieben bist; allein und unabhängig, obwohl unabhängig... Als Kutscher mußt du mindestens auf deinen Hansel Rücksicht nehmen und auch noch auf

deine Kollegen. Aber den engen Kreis, der an deiner Zimmertüre aufhört, den hast du immer für dich haben wollen; und so hast du es dir auch eingerichtet.
Trotz solcher Grübeleien konnte er sich die Begegnung mit dem Wappenmaler nicht erklären, dachte aber: vielleicht hängt es mit der Zeit oder mit dem zusammen, was heutzutage modern ist... Es schien stillzustehen, es gab den König und die feinen Herren, die alle ohne solche wie den Kutscher Kandel nicht auskommen konnten. Es war geordnet, o gewiß, doch spürte man etwas, das sich als unbehagliches Gefühl auswirkte. Den Grund dieses Gefühles aber... Nein, zum Grunde kannst du nicht hinuntergreifen, dafür seind deine Arme und deine Gedanken viel zu kurz. Ach ja, diese Gedanken.
Die Kutsche säubern und den Hansel striegeln. Die Stube hinterm Hof auskehren. Staub wischen. Geschirr spülen. Unterwäsche, Bettwäsche, Hemden zur Waschfrau bringen. Socken stopfen. Essen. Hose und Rock ausbürsten, und die Hose bügeln. Geld ausgeben und einnehmen. Ein Paar Stiefel kaufen, und die Stiefel putzen. Hände waschen, baden, Zähne putzen. Und froh sein, weil du gesund bist. Dafür sorgen, daß du regelmäßig auf den Abtritt gehen kannst.

Dann wieder ein Gespräch mit Lili, die er in den Anlagen nach dem König fragte. Der gehe oft auf dem Bopser spazieren und könne es nicht leiden, wenn ihm Kriminaler folgten: »Du, ich hab g'sehn, wie er mit seinem Stock den beiden gedroht hat, und wie sie hinter einem Busch verschwunden sind.«
»Da geht also die Lili ganz allein im Wald spazieren...«
»Aber ich bin doch nicht allein im Wald gewesen!«
»Dann ist es etwas anderes.«
Jetzt wollte sie, daß er fragte, wer bei ihr gewesen sei. Statt dessen fragte er, ob sie nicht dem Fuchsberger für

ein allegorisches Gemälde Modell stehen wolle, das er fürs königliche Arbeitszimmer malen müsse.

»Allegorisch heißt zwar so viel wie nackt, aber ich will es trotzdem nicht.« Und nach einer Pause, während sie ein Blatt abriß: »Also der Süskindt strengt sich furchtbar an. Jetzt hat er schon den Wappenmaler eingespannt... Wahrscheinlich sollte ich mich drüber freuen. Oder meinst du nicht?«

»Das kommt ganz auf dich an. Da kann ich nichts sagen.«

»Die Brosche ist auch wieder aufgetaucht, und ich denk: weil sie mir jetzt egal ist. Wenn ich fortmuß von den Amerongens, tut's mir auch nicht leid. Ich meine: weshalb sollte es mir das auch tun? Ich find gleich wieder eine neue Stelle, wenn nicht bei einem alten General, dann halt als Kellnerin... Aber mit Herrn von Süskindt möcht ich nicht mehr so befreundet sein, daß ich mit ihm in einem Wirtshaus übernachten muß.«

»Also, das hast du nie gewollt.«

»Doch, schon... Aber bloß am Anfang.«

»Und warum magst jetzt nimmer?«

»Ach, nichts... Aber es ist halt so. Weißt du: Die Luft ist anders. Sozusagen die Gefühlsluft.«

»Mit dem Duell hängt's nicht zusammen?«

Sie antwortete: »Eigentlich nicht« und fügte schnell hinzu, das Duell interessiere sie, und Süskindt habe erlaubt, daß sie zuschauen dürfe, »halt irgendwie hinter staubigen Kisten oder so... Die wollen's doch im Lagerhaus beim Paul von Maur machen. Übrigens danke schön fürs Lanolin.«

Also stand Lili nicht mehr so nahe beim Süskindt wie noch vor vierzehn Tagen, und Kandel dachte: als ob das Wetter umgeschlagen hätte... Jetzt waren ihre Fingerkuppen glatt und die Risse geheilt, so daß er sich einbilden konnte, Lili würde sich ein bißchen schonen. – »Machst du's gemütlicher, ich meine: So oft herumschicken wie zuvor läßt du dich

nicht mehr?« – »Ja.« Lili hob den Kopf. – »Und wohler fühlst du dich wahrscheinlich auch?«
Sie gab ihm recht und erzählte von den Amerongens. Dort war ihr also dieser alte Herr, ein pensionierter Regierungsrat der Domänenverwaltung, am liebsten. Der redigierte das Hofnachrichtenblatt, von dem sie eines in ihrer Tasche hatte. Sie setzten sich, und Kandel blätterte es am ovalen See, der Oper gegenüber, auseinander, indes von der Fontäne Sprühregen herübergeweht wurde. Auf einer Seite waren Zeichnungen der Herzogin Wera zu sehen und rechts am Rande nach der Ecke zu, eine Photographie der Lili, aufgenommen von Herzogin Wera. Sie lachte: »Gelt, das hättst du nicht gedacht!« und stieß ihr Sonnenschirmchen in den Kies des Weges. Sie erzählte vom alten Amerongen, der sei immer arg drauf aus, bei einer Parade vorn zu stehen und seinen Zweispitzhut mit besticktem Frack, Degen und Kniehosen zu zeigen. Am komischsten aber mußte er vorige Woche gewesen sein, als er ihr die Photographie der Herzogin Wera gezeigt hatte, während Lili auf einem samtgepolsterten Tabouret gesessen war und der wacklige Amerongen mit dem weißen Spitzbart ihr über die Schulter geschaut hatte. – »Ich seh den noch, wie er mir eine Photographie nach der andern über die Schulter gibt, denn er steht hinter mir. Und jedesmal kichert er und macht einen Schritt nach rückwärts.«
»Wart nur, so gebrechlich und so komisch werd ich bald auch sein«, sagte Kandel, und Lili war so freundlich »Das glaub ich nie!« auszurufen. Und leiser fügte sie hinzu, wer, wie er, immer in der Luft sei, der bleibe frisch.
Ein heller Sonntagvormittag. Kandel dachte später oft an ihn zurück, sah die Fontäne im ovalen See hochschießen und weiß zerstäuben und wurde von dem blauen Licht der Wasserhaut geblendet, die scharf glänzte. Zwei weißmarmorne Frauenbilder lagerten auf ihren Sockeln, und dahinter war der Rosengarten als ein privater Bezirk des

Königs von Hecken eingefaßt. Denn als einer der letzten schönen Tage erschien ihm dieser mit dem Junilicht des Jahres neunzehnhundertzehn, wenn er sich später dran erinnerte. Jetzt aber war's noch da, machte das Laub durchsichtig, ließ Lilis Haar heller werden und schmolz das Schieferblau auf den Dächern des Neuen Schlosses zu schimmerndem Zinnglanz um.

Auch der Montag zeigte sich dann sauber, und die Luft war blank. Kandel fragte Egelhaf, ob das Duell im Lagerhaus des Paul von Maur stattfinden solle, wie er es von Lili gehört habe, und Louis sagte: »Stimmt, August. Auf dem Güterbahnhof. Sonntag morgens ist dort nicht viel los. Die wollen schon um fünf anfangen.«
So früh bis du noch nie auf einem Bahnhof g'wesen ... Immerhin, Duelle spielten sich im Morgengrauen ab, und wenn er meinte, er müsse aufpassen, daß seine Nichte Lili nichts Unberechenbares tat, dann mußte er sich schon bequemen, rechtzeitig dabeizusein. Übrigens sonderbar, daß ihm der Wappenmaler jetzt nicht mehr als Lebensmeister droben am Ende einer steilen Treppe vorkam, die er hinaufgehen mußte. Der war doch bloß aufdringlich; der machte sich an die Leute in Villen und Schlössern heran, beschimpfte sie und bekam dafür noch Geld. Und die Leut gegeneinander aufhetzen, das wollte er auch; aber das gelang ihm nicht, weil sie einen, der nur Wappen an die Kutschen malen konnte, nicht ernst nahmen. Trotzdem wäre er gern mit denen gleichberechtigt umgesprungen; zum Adligen aber reichte es halt trotzdem nicht. Deshalb mußte sich Fuchsberger mit Fräulein Allgaier, der Hühneraugenschneiderin, begnügen, und einer wie Leutnant von Süskindt, vor dem er sich duckte, benützte ein hübsches Dienstmädchen – denn mehr war Lili schließlich nicht – für seine hohlen Stunden. Auch das allegorische Gemälde, das der Wappenmaler für das Arbeitskabinett des Königs machen und zu dem Lili

Modell stehen sollte, fiel ihm wieder ein. Aber, daß der meinte, einer wie der Kandel fiele ihm darauf herein... Freilich, gutmütig bist du, also ist's kein Wunder, wenn andere der Meinung sind, daß sie 's Michele mit dir machen können... Obwohl du dir halt jeden genau anschaust und erst mal eine Weile wartest. Ob es dir gelingen wird, die Lili unverletzt vor der Tür zu halten, weißt du nicht und willst nichts voraussagen; denn die ist doch einmal verliebt gewesen, und deshalb kannst du dir nicht denken, daß es damit so schnell aus sein soll, wie's dir gestern vor dem Theatersee erschienen ist. Zwar hat die Lili keine rissigen Hände mehr gehabt, aber von sich hat sie dir nichts verraten.

Also ließ er's, wie es war. Es hatte wenig Sinn, sich einzumischen. Du kannst nur was verderben... Und Kandel war es recht, daß er die Woche über bis zum Sonntag nichts von Lili hörte. Er begnügte sich bei seiner Arbeit, die ihm freilich ab und an wie abgestanden vorkam oder widerwärtig war; zum Beispiel, als ein Mann, der immerzu die Unterlippe vorschob, wie wenn er sich mit ihr die Nase putzen wollte, bevor er einstieg seine Köfferchen und Taschen zählte, ihn dann später halten und zurückfahren ließ, um aus der Bahnhofswirtschaft eine Reiseuhr mit Thermometer und Barometer zu holen, die er vergessen hatte; dazu die Mahnung: »Also, bitte, bringen Sie mich nach der Werfmershalde Nummer siebzehn«, die er im Fahren ständig wiederholte. Oder jener General, der sich zunächst zur Rotebühlkaserne, dann zur Bergkaserne fahren ließ und protestierte, als Kandel ihm den Fahrpreis nannte; er wollte nur die Strecke vom Bahnhof zur Bergkaserne bezahlen und behauptete, Kandel habe nicht aufgepaßt und Rotebühlkaserne statt Bergkaserne verstanden. Aber gemach. Du kannst dir deinen Ärger sparen. Und vor dem Sonntag hast du Angst... doch näherte sich unerbittlich diese Stunde in der Morgenfrühe um halb sechs. Das Wetter blieb so heiter, als ob es ihn verhöhnen wollte, und als er sonntags in den leeren Hof hinunterging, hatte der Himmel schon den ersten Hauch grünlichen Lichts. Die Weinberge lagen in der Helligkeit, die Straßen wachten in klarer Stille auf; Vogelstimmen regten sich. Hoch oben waren längst die Mauersegler da. Er ging als einziger; doch dann kam eine Kutsche, und Egelhaf grüßte ihn mit der Peitsche, als ob er einen Säbel in die Höhe hielte.

Die Remise des Fuhrunternehmers Paul von Maur war hinter der Schiebetüre, die auf Rollen lief, mit Leiterwägen vollgestellt. Kandel zwängte sich zwischen den sperrigen Gefährten durch, fand hinter ihnen einen freien Platz wie eine Tenne, wo rechter Hand Heu aufgestapelt war, eine Mauer aus Gras bis unter die Dachsparren. Vor ihr hatte ein Mann, dessen Glatze rosig glänzte, ein junger mit dikkem Schnurrbart, seinen Frack an einer Deichsel aufgehängt und krempelte sich die Hemdsärmel hoch; er hatte dicht behaarte Unterarme und beugte sich über einen Besteckkasten. Es war der Arzt.

Süskindt kam mit Egelhaf und dem Wappenmaler. Egelhaf stellte sich neben Kandel, und beide lehnten sich ins Heu. Wie der Leutnant, so war auch der Wappenmaler schwarz gekleidet, trug aber diesmal keinen Havelock. Und beide gingen drüben auf und ab, unterhielten sich flüsternd, als ob sie Gleichgestellte wären, und Kandel wurde, indes er stand und hinter sich das weiche Heu hatte, einen Traum nicht los. Da war er, unter sich einen Heuballen, auf dem Rücken liegend, durch eine Allee gefahren. Er fühlte sich unbehaglich, weil er leicht vorwärtskam, und sah eine Pappel vor dem hellen Himmel; ein Tier schlüpfte durch ihre Blätter; wohl eine Eichkatze, dachte er und meinte ihren Kopf zu sehen, als sie sich herauswühlte und ihm als fette Ratte auf die Schulter sprang, eine mit rötlicher Kehle und graugelbem Leib wie eine mißratene Wurst. Bleib ruhig, sonst wirst du gebissen. Endlich sprang sie ab und zog den nackten Schwanz wie eine Schnur hinter sich her.

Nun standen sie sich gegenüber. Zwei andere brachten dreikantige Stoßdegen, die in weißen Futteralen steckten und vom Arzt herausgezogen wurden; er zeigte die Waffen Süskindt und dem Hauptmann. Der Leutnant nickte, sein Gegner nahm sich eine Klinge, und Kandel sah beide mit nacktem Oberkörper in dem morgenhellen Schuppen stehen.
Nach einem Kommando fing es an. Die beiden trieben einander wie hüpfend weiter, und Kandel kam es komisch vor. Trotzdem bogen sich die Klingen. Einmal flirrte eine mit hohem Ton, als wäre eine Saite angeschlagen worden. Der Leutnant wurde an Kisten gedrängt, als Lili hervorsprang und sich dazwischenstellte. Ein Degen stieß ihr in die Schulter.

Zweiter Teil

Jahre später, als Kandel auf dem Bahnsteig nicht weit von der Remise, wo das Duell gewesen war, herumging, sah er, wie aus dem Wagen eines Sonderzuges, der von Basel kam, ein bleicher Mann mit Sportsmütze ausstieg und in der schneerauchigen Luft sich umsah. Er ging zwischen zwei andern auf und ab.

Drei deutsche Offiziere begleiteten die Gruppe, alle in langen und an diesem Tage auffallend hellblauen Mänteln, während der mit der Sportsmütze, die Kandel bei sich eine Datschkappe nannte, einen grauen Paletot trug, der pelzgefüttert war; denn von diesem Mann, einem eher Kleinen oder Mittelgroßen, heftete sich jede Einzelheit in sein Gedächtnis: Die grünlichen Augen und seine Backenknochen im wie ein Keil spitzen und mageren Gesicht. Übrigens war einer dieser Offiziere Herr von Süskindt, der dem fremdländischen Mann ein Zeichen gab, worauf die Gruppe wieder in den Zug stieg; rasch schneller werdend fuhr er weg.

Kandels Gesicht bitzelte von Schneekristallen, die ihm auf den Wangen schmolzen. Er hatte es sich angewöhnt, an freien Tagen den Bahnhof zu besuchen und auf den Bahnsteigen auf und ab zu gehen, hinauszuschauen ins graumilchig oder blaudunstig umschwommene Gewirr und Gestänge starrender Signale, während Zwielicht vom Gelb der Weichenlampen durchtränkt wurde. Dazu rote und grüne Lichter, aber diese waren ihm vertraut; da lohnte es sich kaum, hinauszuschauen. Wichtig nur das Milchige und Trübe, die Nässe und die Regenwetterkälte, dazwischen Dampf und ölige Schwellen, Schotter, der gebräunt war, als ob er pelzig wäre. Soldaten gingen grau und trottend, vor einer Barackenwand dampfte Suppe aus einem Kupferkessel, und Kerle in langen Mänteln kratzten in Kochgeschirren, einer von ihnen an die Barackentür gelehnt.

Sieben Jahre nach dem Duell im Lagerschuppen, diesem läppischen Geschehnis, also Krieg, der sich zum Ende neigte; jedenfalls in Rußland sollte er, einer gewissen Revolution wegen, beendigt werden, doch änderte dies nichts. Zaininger, der in Münchingen Geometer und mit Kandels Nichte Lili verheiratet war, mußte weiterhin vor Höhe sechzig bei Ypern liegen; aber ›liegen‹ sagte man nur so, es war ein Ausdruck. Zaininger schrieb Karten; auch auf der jüngsten Karte erwies er sich als junger frischer Kerl. Und gut, daß der nicht freiwillig gegangen war, sondern gewartet hatte, bis sie ihn holten. Du aber bist jetzt vierundfünfzig, und drum wollen sie nichts von dir wissen.

Es ging ihm also gar nicht schlecht, dem Kutscher Kandel, sogar im Krieg. Lili kannte die Münchinger Bauern, und deshalb hatte er's nicht nötig, Rüben zu essen; sehr bemerkenswert. Und die Vorkriegszeit, die kam ihm jetzt wie eines jener Bilder an der Decke des Ludwigsburger Schlosses vor, also mit Himmelsbläue, bauschigen Wolken wie Hinterteile von Luftgöttern, und darauf Gestalten, thronend wie der Wappenmaler, der Fuchsberger geheißen hatte und mit einer Hühneraugenschneiderin namens Allgaier zusammengekoppelt gewesen war. Heitere Zeit, und letzthin etwas Gutes für die Erinnerung, auch noch viel später, also sagen wir mal: wenn man achtzig war.

Jetzt aber ließ sich die Zeit neblig an. Es zischte Winterwind, nasse Wärme dampfte vom Räderwerk einer Lokomotive über den Beton des Bahnsteigs, und Zeitungen, die auf einem Karren vorbeigeschoben wurden, erschienen grau und lappig, ein lumpenwedelndes Gehänge neben mageren Gummirädern, die abgewetzt in die Felgen gepreßt waren und nicht erneuert werden durften. Denn jetzt machte sich Mangel breit, und es war gut, daß Kandel keine Gummireifen an den Kutschenrädern hatte; dafür war seine Droschke gut gefedert und stabil gebaut; die hielt was aus, während Egelhafs zierliches Gefährt allmählich klapprig wurde und zu fein war für eine grobe Zeit.

Kandel sah dem Zeitungsverkäufer nach, einem Schnauzbärtigen im fransigen Mantel, gelblich und schmuddelig; der Mann stapfte in Filzstiefeln mit Holzsohlen. Nun wurde nur noch Abgenütztes und Verbrauchtes sichtbar, indes früher helle Kleider, blanke Stiefel und glatt lackierte Kutschen dagewesen waren.

Die Mühsal und die Sorge wollten gesehen werden, als ob sie früher sich verborgen hätten. Und er erinnerte sich an Tage, noch im Frieden und dahinten, wo der Wappenmaler großmäulig geredet hatte, bis er nach dem Duell verschwunden war. Und Lili hatten sie ins Krankenhaus gebracht und arg verwöhnt. – »Auf einmal bin ich für die und sogar für meinen Süskindt fast etwas Begehrenswertes. Aber ich mag nimmer. Jetzt halt erst recht nicht«, hatte sie damals gesagt. Doch als es verheilt war (zum Glück eine leichte Verletzung), hatte sie ihre Amerongens nicht im Stich lassen können, wahrscheinlich, weil der Alte dafür gesorgt hatte, daß ihre Photographie ins Hofnachrichtenblättchen aufgenommen worden war. Immerhin, Lili konnte zufrieden sein. Auch woanders wäre es für sie kein Schleckhafen gewesen, und bei den Amerongens hatte sie von nun an dieses Schulterstiches wegen einen Stein im Brett, beinahe wie nach einer Kriegsverwundung; weshalb die Amerongens Lili rücksichtsvoll behandelten. Und wenn es später mit ihrem Zaininger (freilich nur ihrer selbst wegen, denn sie war schuld) manchmal ein bißchen schwierig war, dann lachte sie und sagte: »Nimm mir's doch net übel. Ich hab halt einen Schulterstich.«

Helle Zeit. Sonntags war Zaininger von Münchingen durch den Weilimdorfer Wald und an der Geißeiche vorbei zu Kandel in die Alleenstraße gewandert und hatte im Hof gepfiffen, wenn Lili das Essen machte; denn jetzt kochte sie am Sonntag für den Onkel August und für den Zaininger. Zu dritt am Tisch sitzen in seiner Bude, das war recht erfreulich. Manchmal hatte Zaininger seine Gitarre mitgebracht, denn der war einer, wie sich Kandel selbst von früher in der Erinnerung hatte; für den war es am schönsten, bei gutem Wetter in das Land hinauszuschauen und zu wandern. Halt ein lieber Mensch, der Zaininger, und dies erschien ihm, der alt wurde, als das Seltenste. Zaininger kannte viele Volkslieder, aber daß sie ihm gefielen und er sie singen konnte, fast wie einer vom Stadtgarten-Kabarett (was so den Ton betraf und den Klang der Gitarre), dies erschien Kandel als etwas Besonderes neben den schlammigen Granattrichtern dort drüben, Westen zu. Oder sollte das mit den Volksliedern nur noch zum Spötteln da sein, weil es unzeitgemäß war? Aber es machte doch, daß man die Angst beinah vergaß. Ach, der Zaininger: halt a liaber Kerle... mochten die andern von ihm denken und ein romantisches Geschmäckle auf der Zunge haben. Sollte sich der Alfred doch einfach nicht darum kümmern. Regenwetter vor dem Bahnhof. Und vorsichtig sein mit deinen freundlichen Erinnerungen an Zaininger, der mit Lili verheiratet ist...

Er sah Zaininger hinter Weil im Dorf über die alte Steige hinaufgehen, dort wo der Weg weißsandig war, feinkörnig, wie er es gern hatte. Der mit seiner Gitarre und den derben Stiefeln wie ein Bauer... Als er zum ersten Mal sein Gehalt als Hilfsgeometer (›Stangenschucker‹ nannte man das hier) damals in Derdingen bekommen hatte, ließ er sich seine fünfundachtzig Mark in lauter Silberstücken auszahlen, damit er darin wühlen konnte. Ha no, jetzt war er doch arg reich... Und wenn er oben an der Steige beim Wasserreservoir stand, wo Felder lagen, das Korn im Juli von unten her gelb und dürr war, die Ähren aber noch grün und raupelig oder seidig von langen Grannen glänz-

ten, sah er den Asperg als erdige Riesenkröte, die vielleicht bald weiterkroch.
Er hörte ihn lachen, als ginge der andere neben ihm. Aber, pssst... der Krieg ist noch lange nicht aus. Schließlich weißt du, daß es sehr schnell anders werden kann, gerade weil du den Zaininger gern hast. Und wieder einmal meinte er, wenn er ans Dunkle dächte, das sich hereinschieben könnte, bliebe es unter dem Boden, doch war das freilich arg naiv gedacht. Sei froh, daß du noch so naiv sein kannst.
Tage später fuhr er nach Münchingen und schaute zur Lili hinein. Die wohnte in einem Backsteinhaus über der Straße rechter Hand, wo es zu seinem elterlichen Haus ging, das längst einem anderen gehörte. Kalte und klare Luft auf dünner Schneedecke, und das schräge Gold der Wintersonne von Leonberg her, wo sich der Hügel mit dem Turm vorstreckte, die begleiteten ihn jetzt. Immer noch stand etwas bei der Mauer, freilich nur ein Baumschatten von gegenüber, doch konnte er sich denken, darin verstecke sich der Bub, der er vor vierzig Jahren mal gewesen war; derselbe, der in der Kirche den Ofen geheizt hatte, bevor Fräulein von Leutrum hereingekommen war. Übrigens atmete sich solch eine Erinnerung recht frisch wie Winterluft mit Goldhauch, blieb fest und rutschte nicht; denn jetzt war trotz der harten Kälte mancherlei glitschig geworden, sozusagen schneesulzig, nur blieb es noch verborgen; es war nur ein Gefühl, das er ab und an rutschen fühlte, wenn er eine illustrierte Zeitung ansah. Solch eine hatte er heute dabei, aber nur Lilis wegen, die so etwas gerne ansah.
Sie trafen sich beim Rathaus, und Lili umarmte ihn wie früher. – »Deine Leibspeis' hab i net vergesse«, sagte er und zeigte auf die Illustrierte, die aus seiner Manteltasche schaute.
Bei Lili lag dann Erich im hölzernen Gitterbett. Du liebe Zeit, war der noch klein. Und was der alles lernen mußte, was der noch vor sich hatte... Du beneidest ihn eigentlich

nicht... dachte Kandel, als er ihn so liegen sah, rosig geschlafen und mit Mundwinkelschmunzeln wie es sein Großvater gehabt hatte, freilich vor langer Zeit und meistens nur, wenn sein Sohn August (derselbe, der jetzt als Großonkel Erich ansah) den Ofen in der Kirche geheizt hatte, weil Fräulein von Leutrum nicht frieren durfte. Dasselbe Lächeln hatte der also schon mit vier Jahren; und da wollte einer sagen, daß... Aber wer sagte etwas? Es schwieg doch jeder. Nur die Wintersonne schaute in die Stube, die niedrige und enge mit der wackligen Türklinke, indes ein langsam aufgehender Fensterflügel leise knarrte, als hätte er eine Fistelstimme, und dann wie Grillen zirpte oder nur ein Rascheln hören ließ, ungefähr wie Sichelwetzen in der Ferne. Dann läutete es aus der Kirche, als ob die Glocken in die Stube hingen. Und nun ein Nachhall. Der Klöppel schlug noch ein Mal an.

Er blieb beim Buben. Lili machte das Essen fertig. Und sie aßen aus dem weiß glasierten Steingutgeschirr seiner Eltern, dem mit dem blauen Rand. Es paßte gut zusammen. Hernach einen Lindenblütentee mit Apfelkuchen, neben dem die graue, mit Tintenstift bekritzelte Feldpostkarte des Leutnants Zaininger lag, deren Sätze sich angestrengt fröhlich lasen. Aber es war freundlich, wenn ein Familienvater so nach Hause schrieb, daß seine Frau dachte: es geht ihm gut; freilich, bei einer wie der Lili gelang ihm dies nur halb, und deshalb hatte er auch an den Rand gekritzelt: »Du weißt ja, wie es ist, oder kannst es dir vorstellen! Halt kein Schleckhafen, aber man macht's mit. Weil einem nichts anderes übrigbleibt.«

Auf der Illustrierten, die sie hernach anschauten, waren außen und ganz groß der Kaiser und der Kronprinz abgebildet, der eine als Kürassier angezogen, der andre in einer verschnürten Jacke. Also Husarenuniform, obwohl Husaren und Kürassiere heutzutage nur in der Etappe gebraucht wurden, wo sie für die Pferde sorgen und Vieh

weiden mußten. So etwas wäre die richtige Aufgabe für einen wie Kandel gewesen... Übrigens hielt der Kronprinz seine Zigarre vom Kaiser weg und stellte deshalb den Ellbogen gegen ihn, als wär er zornig.
Weiterblättern. Ins Innere des illustrierten Blattes hineinschauen. Und da war dann das Bild, das ihn an jenen Mann erinnerte, den er auf dem Bahnsteig gesehen hatte, den mit der Datschkappe oder Sportsmütze, einen, der begleitet gewesen war von zwei Männern in Pelzmänteln, einem Kleinen mit einem Gesicht wie ein bleicher Keil; und hinter ihm waren Süskindt und ein andrer aufgetaucht, den er sich nicht mehr denken konnte, beide in hellblaue Uniformmäntel mit Goldknöpfen gehüllt.
Doch hier war der mit der Datschkappe; wie er grinsend über einen weiten Platz ging, und es war das Grinsen eines Siegers. Daß es dem nicht schwindelte, war fast bewundernswert, wenn nur die Aufnahme nicht so verwischt gewesen wäre, daß sie wie beschmutzt aussah. Freilich, du kannst dich täuschen, wahrscheinlich ist's ein anderer gewesen, dem du auf dem Bahnsteig begegnet bist, denn der auf der Photographie war jetzt der Oberste in Rußland; ein bleicher kalter Kerl (aber das denkst du nur, weil's damals auf dem Bahnsteig kalt gewesen ist), der alles von der Schweiz aus gelenkt hatte, obwohl es dumm war, sich einzubilden, jemanden zu kennen, der bloß so lang an ihm vorbeigegangen war, wie ein Dampfhauch aus der Lokomotive geweht hatte. Auf der Photographie ging einer im offenen Mantel über einen weiten Platz und grinste, begleitet von einem Offizier in gebügelter Uniform, rasiert, das Gesicht zwischen Lächeln und Ernst; vielleicht sogar ein Adliger... Der mit Datschkappe hatte alles zu befehlen, indes der Auffallende ihn bewachen mußte; er tat's, und niemand merkte, was er dachte.
»Aha, die hohe Politik«, sagte Kandel, und Lili sagte, das habe wie von einem Gardeoffizier geklungen. Beide lach-

ten. Da fiel ihnen nun also die Affäre mit Leutnant Süskindt ein, und sie schämten sich beide, weil es ihnen im Zurückdenken läppisch vorkam; wenigstens dachte Kandel so, bis er von Lili hörte: »Missen möchte ich es trotzdem nicht.« – »Das will doch niemand. Alles, was du durchgemacht hast, wird dir später sozusagen unersetzlich. Was du erfährst, kannst du nicht mehr austauschen. Und du willst's auch nicht. Das weiß ich übrigens erst seit einer Minute«, sagte Kandel, und Lili schüttelte den Kopf: »Gewußt hast du's schon lang, bloß halt noch nicht gesagt.«
Die war auch so wie früher. In ihr Gesicht hatte sich – wenigstens für ihn – nicht einmal eine Falte eingegraben, die ihm unbekannt erschienen wäre, doch Lili war auch noch nicht dreißig; jenseits dreißig aber änderte es sich zumindest im Gesicht. Und jene Sache mit dem Leutnant war vielleicht doch auch ein Anzeichen gewesen, und wofür? Aber das weißt du nicht.
Erich hielt einen Soldaten hoch. Kandel überlegte, wie lange Lili wohl noch ihren Buben mit Soldaten spielen ließ, denn nach dem Kriege würde man es für altmodisch halten, nur durfte er das niemand sagen. Trotzdem fragte er, ob er Erich zu Weihnachten vielleicht eine Kutsche mit einem Apfelschimmel schenken dürfe, obwohl die Kutschenzeit auch schon beinahe halb vorbei war. Und Eisenbahnen... ja, die Eisenbahnen; doch du bist froh, daß es die Eisenbahnen gibt. Wie kämst du beispielsweise sonst nach Münchingen zu deiner Nichte? Und er zündete eine Zigarre an, sah Lili zu, wie sie Geschirr abwusch, und half dann beim Abtrocknen. Viel war nicht zu tun, und Lili sagte, jetzt sei wieder alles neu.

Das stimmte halt nur fürs Geschirr. Bevor der Krieg nicht aus war, blieb's beim Alten. Einfach abwaschen, ging wahrscheinlich nicht, und außerdem war doch das Alte noch viel wert. Dir graut's halt vor dem Neuen. Du sagst es niemand, weder Egelhaf noch Wankmüller. Und Wankmüller fühlte sich immer noch unglücklich wegen seiner Frau; die dachte also, daß er ein Versager sei; doch Wankmüller mochte einfach nicht mehr, es widerte ihn an. Trotzdem blieb er bei ihr und ließ sich, als er Influenza hatte, von ihr pflegen, sagte, daß er sich reumütig fühle, hatte es gern, wenn sie über Gemeinderäte schimpfte, denn, in der Tat, die Straßen waren miserabel oder gar saumäßig.

Also verstanden sich die zwei schimpfenderweise eben doch, denn Schimpfen bewährte sich als solider Untergrund des Ehelebens. Wen nichts mehr ärgerte, dem war der andre gleichgültig geworden, und also hättest du den Wankmüller beneiden sollen. Nein, trotzdem nicht.

Das unbehagliche Gefühl, daß etwas anders werden könne, das er gerne so gehabt hätte, wie's bisher gewesen war, beschlich den Kutscher Kandel und machte ihn vorsichtig. Er kleidete sich jetzt korrekter als zuvor, pflegte seinen Bart, der ihm grau meliert sproßte, und ging öfter als sonst in das Städtische Schwimmbad bei der Liederhalle, ein hagerer Mann, der über sich selbst dachte: du siehst komisch aus, unzeitgemäß. Und Kandel schmunzelte, weil er, der immer noch alles wie früher machte, sich beispielsweise mit mit dem Rasiermesser schabte und über so etwas wie Egelhafs Gilette-Rasierapparat nur milde lächeln konnte; es stand halt leider diese ganze Lebensart von früher seit dem Kriege auf wackligen Füßen. Ihm fiel auch auf, daß sich gewisse Damen gerne mit ihm unterhielten. In der letzten Zeit hatte dies zugenommen, und wenn er beispielsweise beim Gasthof ›Zur Sonne‹ in der Hauptstätterstraße vorfuhr, riefen ihm entweder Anna oder Ida, Moritz oder die Fliegenlady zu, sie kämen auch gleich in das Wirtshaus.

Ihm fiel auf, daß eine wie die Fliegenlady, die schwarze Fransenkappen trug und eine lange Zigarettenspitze wippen ließ, enge Goldbrokatkleider (schwarz mit goldenen

Vögeln) und durchbrochene Strümpfe trug, die sie Kandel auf dem Gang vor den Aborten zeigte, vor einem halben Jahr noch Krankenschwester in Belgien und Luxemburg gewesen war; von dorther stammte auch diese Berufskleidung, deren spezieller Stil Kandel auffiel. Und mit einem Soldaten, dessen rauhe Uniform sich von ihrem schwarzen Aufputz unterschied, sprach sie des langen und des breiten über Insassen eines Lazaretts in Flandern.

Ach ja, die Damen aus der Altstadt und er, dieser korrekte August Kandel, wie ihn Egelhaf zu nennen liebte. Von ihm erwarteten die Damen so etwas wie väterliche Güte, und nicht umsonst sagte die Fliegenlady: »Du kannst halt so schön trösten.« Übrigens die Tochter eines Stadtobersekretärs in Ellwangen, die von ihrem so arg feinen und so lieben Vater schwärmte, und daß im Herrenzimmer lauter Lederklubsessel gestanden hätten. Oder sie beschrieb die Geburtstagsvisite bei ihren Freundinnen, die heute alle ehrenwerte Frauen und zwei davon schon Kriegerwitwen waren, aber bloß vom Leutnant aufwärts. Töricht freilich, daß die alle nichts mehr von ihr wissen wollten: »Ja, du wirst lachen, aber irgendwie kann ich's verstehen, daß es nicht mehr geht«, sagte die Fliegenlady und erzählte von einer Postbeamtin, einem immer noch jungfräulichen Geschöpf, einundfünfzig Jahre alt, und das lasse sich jetzt nicht mehr ändern; aber die freute sich, wenn ihr die Fliegenlady alles ganz genau erzählte, was sie so erlebte. Und sie beschrieb Kandel einen Abend mit zwei Eindringlingen, die beide zugleich etwas von ihr gewollt hatten, was ihre Kräfte überstiegen habe; außerdem sei ihr nicht der Sinn danach gestanden, wahrscheinlich weil sie sich der einundfünfzigjährigen Postbeamtin habe erinnern müssen, die sie halt letzthin arg beneide. Nun ja... Die Fliegenlady seufzte, und es hörte sich aufrichtig an, obwohl er bei ihr nie ganz sicher war. Und weil sie gut erzählen konnte, sah er vor sich, was sie sagte: wie sie ihren Freund herbeirief und wie derselbe, die Hände in den Taschen, auf einen ihrer Gäste zuging, ihn mit dem Kopf von unten her gegens Kinn boxte, um ihn herauszufordern; der aber reagierte nicht, während der andere schon schlotterte. Da zahlten beide und verschwanden.

Was für eine Gesellschaft, in die du mit der Zeit geraten bist. Ja, mit der Zeit... Wer sich von der Zeit führen ließ, der kam in solche Hinterstuben. Und Kandel mied fortan den Leonhardsplatz, obwohl ihm dort die vorragenden Häuser mit den steilen Giebeln, das dunkle Dach der Kirche, dieses bräunliche steinerne Zelt, das auf ihn schaute, und das Kreuz beim Brunnen so vertraut geworden waren, daß er meinte, die würden sich, zumindest so lange er lebte, nicht verändern; denn nun, da irgendwas verschoben wurde – doch wo es vor sich ging, das hätte er nicht sagen können, also vielleicht unten, in den Leuten, also auch in ihm – suchte er etwas, das ihm unverrückbar schien, und meinte, die Häuser jedenfalls, die blieben stehen. Dazu die Helligkeit des Frühjahrs und daß er sich etwas vormachte, als das Licht die Straßen klarer wusch und nun wieder die Fensterscheiben hervortauchten nach dem stählernen Geschmack des Regens. Er übersah zuweilen das Grau vieler Uniformen, die wie Brocken einer abbröckelnden Mauer hereindrängten. Ob sich am Ende gar Beton wieder zurückverwandeln kann in Flüssiges?

Aber du mit deinen Einbildungen. Du hast doch einfach Angst. Wenn du nur selber nicht ins Rutschen kommst...

Und er schaute nach den Schilderhäuschen vor dem Neuen Schloß und war froh, als er eine schwarze Kutsche mit Messingadlern auf den Lampen vorfahren sah, die Wache heraustrat und der König einen Herrn mit steifer Uniformkappe ins Schloß begleitete. Dabei hatte es sich jedenfalls um einen in österreichischer Uniform gehandelt, und also war noch nichts verrutscht. Am andern Morgen aber, als er vor dem Bahnhof auf Kundschaft wartete, las er im ›Tagblatt‹, daß Kaiser Karl von Österreich hierhergekommen sei.

Unvorbereitet bist du freilich nicht... Und wichtig war nur, daß Lilis Mann aus Lüdenscheid geschrieben hatte, hier gebe es Schnaken, so groß wie Fledermäuse; »wie d' Flattermüs« schrieb er, denn dieser Lüdenscheider Dialekt gefiel ihm. Übrigens handelte es sich jetzt um den Rückzug, und der Krieg war aus, eine Sache des Novembers. Der Toten wurde auch gedacht, freilich nur nebenbei, weil es zu viele waren.

Kandel ging durch die Stadt, und es war kalt; ein nebelrauchiger Tag, gut, um allein zu sein und die Trottoirplatten zu sehen, die Buckelquader alter Häuser neben sich zu haben und zu denken, es habe sich noch nichts verändert. Es war doch die Stadt gleichgeblieben wie zuvor, und wenn nur wenig gebaut worden war, so hatte es geholfen, das Bild unberührt zu lassen, unangetastet, eine noch nirgends verletzte Szenerie mit Bäumen und Kiosken, Schilderhäuschen. Denn ob die Schilderhäuschen nicht verschwunden waren, darauf achtete Kandel, wußte aber nicht weshalb.

Der Brunnen lief unter den Bäumen am Charlottenplatz, dieser Vierröhrenbrunnen, nur standen zu viele Leute dort, als ob sie horchten. Da war nun dieses Unbehagliche hineingemischt, obwohl am Wilhelmspalais drüben die Königsflagge sich bewegte, eine mit drei schwarzen Hirschstangen auf gelbem Grund. Seit achtzehn Jahren wohnte dort der König, und Kandel dachte an die Zeitungsnotiz Anno neunzehnhundert, in der's geheißen hatte, von jetzt an wohne der König immer dort.

Die Leute drehten sich, standen am Rand des Trottoirs und sahen nach dem Neuen Schloß. Die Fahne auf dem Wilhelmspalais bewegte sich, als würde sie gezerrt; jetzt ruckte sie herunter und verschwand. Statt ihrer stieg ein roter Lappen in die Höhe, und auf der Straße näherte

sich eine Kompagnie. Die marschierten, ein Hauptmann vorne und ein Leutnant in der Mitte; die Offiziere hatten Pistolen umgeschnallt, und die andern preßten ihre Karabiner an die Schultern. Alles erschien grau und grünlich wie das Wasser des Vierröhrenbrunnens.
»Schiaßet jo net!« wurde gerufen. Die Soldaten standen still und warteten. Der und jener stützte sich auf sein Gewehr, als ob es ein Spazierstock wäre. Die Offiziere standen beieinander. Dann wurde gerufen, über den Platz lief ein Matrose, auf der Stirn ein rotes Sacktuch. Ein Auto ratterte vorbei, und einer saß auf der Blechhaube des Motors, diesmal mit einer roten Fahne, die er schwenkte. Die Soldaten liefen in das Alte Waisenhaus hinein, wo sich im bäumeumstandenen Hof ein Offizier hinter einer Holzbeige verschanzte und Kandel von einem Menschenstrudel auf die Seite gedreht wurde. Daß die Soldaten, die Matrosen, im Auto alle so schmutzig und unrasiert sein mußten, das verstand er nicht, obwohl Revolution wahrscheinlich immer eine struppige Geschichte mit ausgefransten Hosen und zerrissenen Jacken gewesen war. Und die hier schien noch einmal glimpflich abzulaufen. Woanders freilich ... Du brauchst es dir nicht auszumalen. Also, geh nach Hause... Es war sowieso Zeit, dem Hansel Hafer vorzuwerfen, denn der bekam heut Hafer und kein Heu.
Er wartete noch eine Weile, und zwar des Wappenmalers wegen. Da fuhr wieder das Auto mit diesen Matrosen am Trottoir vorbei. Der Wappenmaler saß vorgeneigt darin, sah mit zusammengezogenen Brauen und verkniffenem Mund geradeaus; einer mit Hakennase, dem graues Haar über den Kragen eines Uniformmantels herabhing. Er trug eine blaue Kappe, deren Lackschild glänzte.

Du hast es dir eingebildet; denke nicht darüber nach. Oder hätte es einen Sinn gehabt, jetzt unter den Leuten herumzufragen, die ins Wilhelmspalais eingedrungen waren, die

Wachen verjagt und einen roten Lappen statt der Fahne aufgezogen hatten? Dann hättest du dich mit denen einlassen müssen, die dir widerwärtig sind. Unter den andern Kutschern wurde vielerlei geredet und geschwatzt. Wankmüller, der immer noch seiner Frau wegen arg unglücklich war, hatte sich für die Revoltierenden entschieden und sagte, es sei wunderbar, daß endlich ein scharfer Windstoß in die muffigen Stuben der Adligen hineingefahren sei; bei denen habe man es ja nicht mehr aushalten können vor lauter Gestank, und Kandel fragte, wann er die Luft im Zimmer eines Adligen gerochen habe. Doch Wankmüller verzerrte das Gesicht und schrie: »Das geht dich gar nichts an! Du mit deinem dreckigen Maul! Du wirst mit denen noch verfaulen, und dann geschieht's dir grad recht! Du bist natürlich sooo erhaben über alles!«
Wankmüller hatte recht, denn Kandel haßte alles Faulige und meinte, daß es bei denen stänke, die in schmutzigen Uniformen herumgingen. Und er sagte zu Wankmüller: »Ja, Paule, dein Weib ist an allem schuld.« Er warf die Decke über Hansels Rücken, band ihm einen Beutel voll Hafer vor und sah dem Gaul beim Fressen zu. Wankmüller tat dasselbe, hatte aber nur Heu, und deshalb gab er ihm von seinem Hafer. Da öffnete ihm der Kollege, wie schon oft, die Kammern seines Herzens und ließ an seiner bösen Frau auch nicht die Spur von Freundlichkeit.
Dann hing also die Revolution von den Frauen ab, oder zumindest von dem Ärger über Frauen. Ob's bei den andern auch so war? Nun, dieser Wappenmaler hatte auch so eine Resolute, die Fräulein Allgaier hieß und Hühneraugen operierte. Und Kandel suchte in den nächsten Tagen wiederum den Gasthof in der Altstadt auf, wo er die Fliegenlady traf, die jetzt mit einem vom Soldatenrat befreundet war, der blanke Ledergamaschen trug und wie ein Offizier geschniegelt war; einer mit Bärtchen und wegrutschendem Blick; der konnte ihm nicht in die Augen schauen,

hatte aber Geld und tadellos geputzte Fingernägel, ein taillenschlanker Mann, der norddeutsch sprach und schließlich unvermittelt wegblieb. Die Fliegenlady sagte: »Weil er Familienschmuck verkauft hat.«

Ach so. Also ein gewandter Bursche, nur hatten ein paar andere Soldatenräte seine Gewandtheit nicht geschätzt; denn sonderbarerweise gab's sogar bei denen so etwas wie Ordnung. Eigentlich schade, weil die Ordnung mühsam war und jeder Mensch es gerne gehabt hätte, wenn er ohne sie ausgekommen wäre.

Ach, du liebe Zeit. Bald gab's keine roten Armbinden mehr. Kalt war es auch, und regnerisch sah jetzt der Schloßplatz drein. Jeder Kutscher wurde abgehärtet. Freilich, man kannte dies, spürte aber, daß die Fettschicht auf den Knochen fehlte. Die Knochen aber waren gute Kälteleiter.

Zur Lili hinausfahren. Dort war Alfred Zaininger heimgekommen, auch als ein Abgemagerter. Jetzt saß er im Warmen, und übermorgen fing er wieder mit seiner Arbeit an. Kandel ging mit Lili in die Schule, um Erich fürs nächste Jahr anzumelden, roch wieder einmal Bohnerwachs und nasse Kreide auf der Schulhaustreppe und meinte, das sei auch seit seiner Kindheit gleich geblieben; so etwas setzte sich fest und roch aus allen Ritzen, jedem Winkel; und jedes Kind brachte seinen Geruch mit.

»Der Mensch stinkt halt wie's Vieh, da kannst nix machen, August«, sagte Zaininger und streckte beim gußeisernen Ofen seine Beine aus; der lachte und war wieder frisch geworden. Seine Falten hatten sich geglättet, als ob Lili sie ausgebügelt hätte.

Ein Mann, der froh war, wieder daheim zu sein, und vielleicht bequem wurde oder ärgerlich, weil ihm der Kreis, in dem er leben mußte, nicht behagte. Ja, so kann es sich ändern, und du bist darauf gefaßt gewesen... Nach einem Krieg stellte sich Neues ein, das unvorhergesehen war, obwohl dies immer kommen konnte und vor dem Kriege viele Mauern dagestanden waren, als ob sie nichts umwerfen könnte. Und Kandel sah die Mauer des Münchinger Schulhausgartens an, die ihm seit seiner Kindheit unverändert vorkam. Sein elterliches Haus schaute herüber, das mit der hölzernen Treppe und dem Dach über der Tür, und es erschien ihm so, als ob es in einem Schaukasten läge, altersbräunlich unterm klaren Himmel; denn langsam, so allmählich und wie wenn es sich in einen anderen Bezirk verschöbe, also dorthin, wo nur Bilder der Erinnerung sich festigten und wieder auseinanderliefen, auf Bachwasser, oder wenn weitab Licht einen Hang berührte, wurde für ihn etwas anders, von dem er gemeint hatte, daß es gleichbliebe. Er konnte nicht sagen, was es sei, doch hing's mit der Heimat zusammen, deren Bild deutlicher zu sehen war als früher. Ja, damals wärst du am liebsten mit dem Wappenmaler nach Wien gefahren, aber jetzt... Du hast zu wenig Geld dafür, sonst nichts.

Nein, es war mehr. Nach Wien gehörst du nicht. Du bist ein Schwabe, der erst mit fünfzig merkt, wo er zu Hause ist. Und in Wien kennst du niemand... Und Kandel ging, als es hell wurde – nach einem Regenguß wurde es hell, und er roch seine nasse Jacke auf einem Spaziergang zwischen den Münchinger Feldern – unter Obstbäumen weiter, hinter denen das Korn dicht gedrängt als hohe grüne, sich regende Blöcke stand. Wolkenleiber schienen in der Ferne zu verschwimmen, obwohl sie dort so wie hier von Blau getrennt waren. Die Luft erschien wie flüssig. Es dehnte sich der Boden mit gelblichem Grün von Gerste, bläulichem von Hafer und moosdunklem Weizengrün. Der Wald lag schwarzblau draußen. Am Abhang wehten Wicken, und Mohn regte fettige Zinnoberblätter.

Daß Stuttgart jetzt verändert war, dies zeigte sich nicht an den Häusern, denn diese standen so wie früher. In der oberen Königstraße wußte er eine Stelle, dem Kleinen Bazar gegenüber, wo er beim Fahren mit der Kutsche, wenn es heiß war und ihn die Sonne zwang, die Lider schmal zu machen, jene Uhr wiedersah, die er seit langem kannte. Aber dort – und wiederum wußte er nicht, weshalb – wehte ihn die neue Zeit an, und er überlegte, worin sie bestünde und was, verglichen mit früher, anders geworden sei. Die Kleider und die Schutzleute, dachte er, denn diese trugen Tschakos aus Lackleder, indes sie früher Pickelhauben auf den Köpfen gehabt hatten; freilich, der Polizeidiener von Münchingen setzte sonntags immer noch den Helm mit der blanken Spitze auf, diesem goldglänzenden Zapfen, der, wie ihn Egelhaf belehrt hatte, von Reiterhelmen stammen und Säbelhiebe abwehren sollte; am Zapfen rutschte die Klinge ab und schlug nicht durch den Helm.

Aber, was dachte er an Helme. Da und dort stand ein Schutzmann auf der Straße, winkte Automobilen oder streckte den Arm hoch, wenn einer halten sollte, also auch ein Kutscher. Dies hatte es früher nicht gegeben. Und dann natürlich diese kurzen Kleider, sonderbar sackartig und oben flach, als hätte jede Frau dort statt Wölbungen nicht einmal Gefreitenknöpfe. Oder die Damenhüte, lauter knappe Kappen ohne Krempen und das Gegenteil dessen, was vor dem Krieg beliebt gewesen war. So wechselte es, machte sich gespenstisch anders, trieb Hüte wie garnierte, federwallende und mit Vögeln besetzte Platten eines Festessens hervor und ließ Busenfleisch quellen, als ob es aufgeblasen worden wäre; dazu schleiften die Röcke und wischten Staub vom Trottoir, während jetzt jede ihre Knie sehen ließ, was oft so reizvoll gar nicht war, wie es sein sollte. – »Sulzknie kannst mehr als schlanke sehen, also manchmal denk ich: wie vom Metzger... Halt ein saftiges Eisbein, wie du's in Berlin kriegst, weißt«, sagte Zaininger und lachte, daß es im Treppenhaus widerhallte. Denn dieser Zaininger war

ein herzhafter Brocken und hatte im Krieg etwas dazugelernt; der war jetzt fröhlich.
Kandel fuhr über den Charlottenplatz. Wie lange du noch auf dem Bock sitzt, das möchte ich gerne wissen... Was machst du, wenn keiner mehr in Kutschen fahren will? Chauffieren lernen? Aha, dann hat der August Kandel also eine Lederjacke an, die macht sich gut zum grauen Bart... Wie hat der Zaininger gesagt? »Der Onkel August kann's mit vielen römischen Kaisern leicht aufnehmen; zumindest wegen seinem Bart... Oder ist's dir lieber, wenn dich einer für unseren König hält? Aber der Wilhelm ist doch jetzt in Friedrichshafen.«
Ein Kind trug ein Körbchen über den Charlottenplatz, und seine Zöpfe schwänzelten ihm auf dem Hinterteil, als wär seit langem nichts anders geworden.

Daß du dich nicht um die Geldsachen kümmerst, das gefällt mir nicht... Und er holte seine Sparbücher aus der Kommode, wo auch seine Wäsche lag, und merkte, daß er einen erklecklichen Batzen Geld zusammengebracht hatte. Freilich, bekannt war ihm das immer schon gewesen (für so dumm brauchte ihn niemand zu halten), aber erstaunt war er halt trotzdem; auch sein Baumstückle auf der Maurener Geruhstatt kam noch dazu. Und fünfundzwanzigtausend Mark wirst du anlegen, dann bleiben dir immer noch fünftausend als Rückhalt; denn, falls du einmal krank wirst – oh, das weiß man nie... Und er schmunzelte, dachte: ein pfiffiger Schwabe geht bloß so weit ins Wasser hinein, wie er den Boden sehen kann... und überlegte, was er machen wolle mit dem Geld. Aktien kaufen? Das kam nicht in Frage, weil es sowieso ein Schwindel war, von dem er nichts verstand. Also wird ein Häusle draus... Und er stellte sich vor, wie er, irgendwo zwischen Hemmingen und Heimerdingen, oder dort hinten bei Weißach (auch Pérouse wär net schlecht) eins kaufte und, wenn er dann nicht mehr schaffen konnte, oben in die Bühnekammer hineinzog. Eine Bühne (die Preußen sagten ›Dachboden‹ oder ›Speicher‹), würde das Häusle auf jeden Fall haben (übrigens durfte es auch ein Haus sein, er hatte nichts dagegen), und wenn die Kammer fehlte, ließ er sich eine hineinbauen. Nein, dafür reichte sein Geld nicht... Und er wunderte sich, daß er jetzt ans Geldanlegen dachte, und warum eigentlich? Halt der Automobile wegen, die sich vermehrten. Da würde es bald so weit sein, daß er mit seiner Kutsche arg ins Hintertreffen kam. Auch Egelhaf redete davon und sagte, er melde sich für einen Kurs an, denn Autofahren müsse er unbedingt lernen. Du aber kaufst dir ein Häusle, vermietest es und ziehst oben hinein; dann kann kommen, was will.

Und er holte sich im Bahnhof das ›Tagblatt‹ und las die Anzeigen; übrigens war der alte Bahnhof abgebrochen worden, und es stand ein neuer mit Turm da. Da interessierte er sich also für den Immobilienmarkt, als wäre er ein stinkreicher Kerl. Du bist mir grad der Richtige... Und schließlich fand er etwas, das ihm nicht schlecht vorkam, weil's in Höfingen lag; auch der Preis paßte ihm. Einundzwanzigtausend, das wär grad recht. Und viertausend steckst du hinein, fürs Herrichtenlassen und so...

Er sah sich's an. Das war ja ein richtiger alter Bauernhof mit gewölbtem Torbogen und einer schweren Tür, die fest ins Schloß fiel. Nach dem Tod des Vaters hatten die Geschwister sich zerstritten; deshalb wurde der Hof verkauft.

Das machst du. Und er machte es, hielt das Maul vor Egelhaf und Wankmüller, sagte auch Lili und Zaininger nichts und verpachtete den Hof; nur die zwei Stuben oben im Giebel, die mußten freibleiben, das bedingte er sich aus, ließ es sich schriftlich geben. Nach wie vor aber fuhr er mit der Kutsche, wohnte in der Alleenstraße für fünfundfünfzig Mark im Monat, was recht teuer war; seit dem

Krieg hatte die Wohnung um fünfzehn Mark aufgeschlagen, also der komplette Wucher; doch um des lieben Friedens willen zahlte er das Geld. Und zu Wankmüller und Egelhaf sagte er: »'s ist nemme dees... Allmählich merkt man schon, daß wir halt einen Krieg verloren haben.« Und sie sprachen über Politik, und Wankmüller sagte, wenn man an München denke, seien sie hier goldig dran, erzählte von der Räterepublik und nannte diese eine gewaltige Sauerei.

Jawohl, in Württemberg ereignete sich nichts Umstürzlerisches. Und du hast dir mal vorgestellt, nach Wien zu gehen, um dort mit dem Wappenmaler etwas Tolles zu erleben. Gut, daß du es niemand gesagt hast... Und er schämte sich beim Zurückdenken an den Kerl, der Fuchsberger geheißen hatte und nichts anderes gewesen war als halt ein Gauner. Ob du ihn aber tatsächlich vor dem Wilhelmspalais in einem Auto hast vorüberfahren sehen, dessen bist du dir heut nicht mehr sicher.

Am meisten interessierte ihn jetzt der Zaininger und wie der mit Lili lebte. Es sah harmonisch aus. Er hatte Freunde, unter anderem in Leonberg einen gewissen Doktor Römer, der Rechtsanwalt war, einen Fröhlichen, dick und mit schwarz umrändertem Zwicker. Einmal holte er Zaininger Samstag nachmittags ab, als Kandel mit der Kutsche draußen war; da fuhren sie dann Schwieberdingen zu, die alte Straße unter Obstbäumen entlang, wo der Blick weit hinausging, südwärts. Doktor Römer erzählte von seiner Frau, die alte Bilder kopierte, Porträts aus Familienbesitz. – »Da ist's halt fein, wenn du solch einem Vorfahren ins Gesicht gucken kannst: Weißt du, abends beim Pfeiferauchen«, sagte er im Wagen zu Zaininger und beschrieb seine Studentenpfeife, die noch vom Großvater da war. »Aber ganz besonders froh bin ich, weil Sie, Herr Kandel, uns ein bißchen in die Gegend hinausfahren.«

Das war dann für ihn ein beachtenswertes Kompliment.

Und angenehm war es, daß nichts geschah, als daß die Kutschenräder knirschten, Zweige vom Sommerwind bewegt wurden und Mohn über moosigen Steinen schwankte. Kandel hielt an und führte die Herren ins Feld hinein, wo eine Himbeerhecke voll Beeren hing; drunten lag Schwieberdingen und hatte im Gegenlicht auf den Dächern einen bläulichen Glanz. Grillen ließen sich laut hören. Doktor Römer sagte, die müßten's aber eilig haben, denn dieser Grillensang sei nichts andres als Liebesflüstern. Da kannte sich der Doktor Römer aus.

Sie aßen die Himbeeren und fühlten sich wie Buben, die in Nachbars Garten geschlichen waren; das war für Männer ein besonderer Genuß. Und Kandel, der sich freute, weil die studierten Herren mit ihm wie mit ihresgleichen sprachen, hätte es jetzt gern gehabt, wenn jemand hergekommen wäre und ihm versichert hätte, daß später nichts Schlimmes passieren werde. So, wie's jetzt war, sollte es noch lange bleiben. Vielleicht hatte es mit der Erschöpfung zu tun, die sich nach jedem Krieg einstellte, zumindest wenn man ihn verloren hatte. Und er fragte Doktor Römer, ob er von seinem Vater etwas über die Zeit nach dem siebziger Krieg gehört habe, er meine: wie sich die Leute damals gefühlt hätten, oder so...

»Oder so... ist gut. Herr Kandel, es war ganz anders, aber gefallen hat es meinem Vater nicht. Den Leuten sei's zu gut gegangen, und deshalb seien sie protzig geworden, hat er immer g'sagt.«

Also fühlte man sich auch, wenn's einem gut ging, nicht recht wohl. Und Kandel sagte, vor dem Krieg sei ja der Krieg auch schon in der Luft gehangen, und dachte, zwar habe er sich damals gleichmäßig gefühlt (gewissermaßen), aber nie so richtig fröhlich, und weshalb? Weil du Angst gehabt hast vor dem, was kommen kann, und daß du einmal vor dem Nichts stehst... Aber nirgend gab's das Nichts, weil immer etwas da war.

Doktor Römer stand beim altersgrünlichen Wegstein, der ihm bis zur Brust reichte. Er las, was in verschnörkelten Buchstaben darauf eingemeißelt war, während draußen der Asperg lag, weißlich und mit Wein bewachsen, einer mit einem milden Bodeng'fährtle, wenn er ihn trank. Die Weinstöcke sahen wie Verzierungen an den Flanken eines erdigen Blocks aus, sein Grund schien hell hindurch. Darüber gelbe Mauern, ein Turm und dunkle Dächer, eine Krone aus Häusern, aber halt nichts anderes als ein Gefängnis. Und gut, daß du's nur von ferne zu sehen brauchst, hier beim Stein, auf den jetzt Doktor Römer seine Arme legt und blinzelt... Auf jeder Seite war etwas anderes eingemeißelt, also hier: ›Münchingen zu 1/2 Stund‹. Nach Schwieberdingen war's genauso weit, Markgröningen zu aber 3/4 Stund und ›Möglingen zu 1 Stund‹. Der Stein war 1829 aufgerichtet worden.

Er glich einem Zeiger, der an den Himmel deutete; festhalten konnte er sich auch an ihm, und Kandel kam es vor, als ob es wichtig für ihn sei, einen solchen Stein im Land zu wissen; eine Stelle und ein Zeichen, neben dem er sich zu Hause fühlte, obwohl er früher niemals hier gewesen war. Das Besondere, das Schöne hast du doch in der Münchinger Kirche g'habt, wenn die Franziska Leutrum...

Er sah dann einmal Zaininger bei der alten Linde auf der Nippenburg unter Kindern sitzen und hörte ihn Lieder zur Gitarre singen; die Kinder sagen mit. Das war, nachdem Kandel an einem Samstagvormittag um neune von der Stadt herausgefahren war, denn jetzt machte er gerne Fahrten mit der Kutsche, um allein zu sein. Er stand hinter den Mauertrümmern und sah einen Falken zwischen den Kastanienbäumen überm ausgewaschenen Weg fliegen wie vor dreißig Jahren; ging durchs äußere Tor, wo bei der breiten Scheune ein gemeißeltes Stück vom Torbogen auf dem Boden lag und der Weg in die Ruine hineinführte, übrigens einem Platz, der im März von Veilchen violett war. Dort hatte der Graf einen Bienenstand, aber die Leutrums lebten doch schon lange nicht mehr hier. Oder bildete sich Kandel das nur ein?

Er ging über die Brücke, sah in den vergrasten Burggraben, legte die Hand auf die schwarzen Steine der Brückenmauer, ging zum Herrenhaus hinüber und hörte den Pfau im Park schreien. Dann kletterte er schnell auf seinen Bock, schnalzte dem Hansel zu und fuhr unter dem Blätterdach, das sich regte und für ihn immer noch etwas vom Heitersten war, das es zu sehen gab, wenn er saß und fuhr: Dies Netz aus Blättern, federnd in der Höhe, durchsichtig, zuweilen heller grün, dann wieder mit Lichtflecken, manchmal auch ein Hauch des Himmelsblaus.

Wo der Garten aufhörte, stand eine eiserne Tafel, auf der ›Königreich Württemberg – Hof Nippenburg – Oberamt Schwieberdingen‹ in gußeisernen Lettern stand, die zwar rostig aber gut anzuschauen war für einen wie den Kutscher Kandel, obwohl sich in der Nähe Schweine suhlten. Er hielt, er sah zurück, und über dem vergilbten Feld wurde die Mauer des Parks von dichten Baumkronen überragt. Dort hatte er als ein Elfjähriger Franziska zum ersten Mal gesehen, weil er auf die Mauer geklettert war; doch konnte es auch sein, daß er sie mit einer anderen verwechselt hatte, einer, die bei den Leutrums zu Besuch oder eine Tochter des Verwalters gewesen war, der damals noch Kameralverwalter geheißen hatte.

Lauter Erinnerungen ... Dann schaute er sich wieder Lilis Mann an, diesen Zaininger aus Derdingen, dessen Vater sein Weißzeuggeschäft verpachtet hatte und im Dachstock wohnte. Kandel fuhr dorthin, und sie saßen in der Stube, wo der alte Zaininger die Abrechnung für den Kirchengemeinderat machte, das Opfer vom Sonntag auf dem Tisch ausgeleert war, und Gottlieb Zaininger die eisernen und

kupfernen Pfennigstücke zählte. Er schrieb die Summe sorgfältig ins Buch, und seine Handschrift war klar und genau wie die des Pfarrers; ein Mann, schnurrbärtig, dessen Gesicht lang und kräftig war und der eine gekrümmte, fleischige Nase hatte. Morgens, nach dem Aufstehen, trank er ein Glas frischen Wassers und sagte: »Manche meinen, das sei ungesund, aber ich trinke es.« Über den Pfarrer sagte er: »Ein guter Mann. Energisch, wenn er's sein muß. Und Reden halten, mit den Leuten schwätzen, das gehört zu einem Pfarrer. Man merkt's ihm an, daß er es gerne tut. Mir würd es davor grausen.« Und er hatte Fältchen in den Augenwinkeln, sonst aber lächelte in seinem Gesicht nichts. Von einem Tafelaufsatz aus Neusilber, der auf einem Tischchen in der Ecke stand, holte er die Photographie seines Vaters her, und Kandel sah das Bild eines hageren Mannes, der sich auf seinen Stock stützte und ein geschärftes Gesicht mit hellen, fast farblosen Augen hatte. Lilis Mann hatte es als Vierzehnjähriger aufgenommen. Und unerwartet, während Kandel die Zeit nachrechnete, die seit damals verschwunden war (immerhin zwanzig Jahre), kam es ihm vor, als ob sie ungefähr seit neunzehnhundertzehn rascher gelaufen wäre. Er merkte, daß er, was die Zahl seiner Jahre anging, zu dem alten Zaininger gehörte, der kaum älter als er und Privatier war. Du kannst dir nicht vorstellen, daß du einmal nichts mehr tun wirst, außer du bist krank. Freilich, zum alten Eisen mußt du dich allmählich trotzdem rechnen, oder mindestens zum angerosteten... Und das war rasch gegangen. Die Tafel aus der königlichen Zeit, droben bei der Nippenburg, sah er jetzt vor sich, dachte, daß die Nippenburg zwar immer noch zum Oberamt Schwieberdingen gehöre, weil sich die Einteilung in Oberämter, der Revolution zum Trotz, gehalten, der Wind aber sozusagen umgeschlagen habe; doch wie der andere Wind hätte genannt werden sollen, das wußte er nicht.
In Stuttgart hörte er dann einmal einen sogenannten Ton-

film, doch war dies schon, als Lilis Bub ins Realgymnasium nach Korntal ging. Und in dem Film sah er wiederum dieses andere an den Frisuren der Frauen und an ihren Kleidern, und es war beinah zum Lachen. Schräg vor ihm saß ein Wesen, von dem er zuerst nicht wußte, ob's ein Mädchen oder ein Bub sei; und dann war es also ein Mädchen. Die Schattenfiguren draußen auf der Leinwand schienen diesem Mädchen mit dem knappen Haarschnitt ähnlich zu sein, weil alle jetzt einander glichen, als ob aus den Figuren etwas Altes herausgenommen worden wäre; und ihm fiel auf, daß denen etwas fehlte. Allerdings war all dies eine recht unklare Sache, aber trotzdem vielleicht so etwas wie der Kern, das Gemüt oder die Seele, wie man früher gesagt hatte; nur daß so etwas wie Gemüt und Seele schwierig festzuhalten und vielleicht bloß leer war. Alle Damen hatten Sechserschwänze aus kurzem Haar unter den Ohrläppchen, denn unter den Ohrläppchen guckte Haar hervor.

Kandel bemerkte Einzelheiten, aber das Ganze sah er nicht; freilich, wer sah schon das Ganze... Vor drei Jahren hast du vom Geld auch nur gemerkt, daß es fast täglich mehr und trotzdem weniger geworden ist... Und eine gute Nase hast du g'habt, als du den Bauernhof in Höfingen gekauft hast; und damals bist du auch schon über sechzig Jahre alt gewesen.

Lili hatte sich verändert, und er mußte sich eingestehen, daß sie ihm fast gleichgültig geworden war. Dafür aber ihr Bub, der Erich... Warte lieber einmal ab. Und Zaininger natürlich, dieser zupackende Geometer, der stand immer noch fest da. Als ihn sein Vater fragte, was er jetzt zu denen in den braunen Uniformen sage, meinte er: »Die sind doch eigentlich ganz arg.« Er saß im Ledersofa am runden Tischchen und lehnte den Kopf zurück.

Übrigens bist du beinahe der letzte Kutscher deiner Stadt, eine fast ehrenwerte Position ... Und Kandel schmunzelte sich eins, dachte, es sei schlau gewesen, nicht in den Höfinger Bauernhof, der ihm gehörte, gezogen zu sein und weiterhin hier als ein kurioses Überbleibsel der königlichen Ära (das Wort ›Ära‹ stand zuweilen in der Zeitung, und ihm gefiel's) sich ins wachsende Motorengewühl einzuordnen, etwa, wenn er für eine Hochzeit von der Stiftskirche nach dem Herdweg fuhr und sein zurückgeklapptes Lederverdeck mit einer Girlande aus weißen Nelken geschmückt war. Reiche Leute zählten jetzt zu seinen Kunden, solche mit ›Tradition im Ranzen‹, wie Zaininger sagte, der zuweilen gern vom Krieg erzählte, während er in den Jahren zuvor eingeschüchtert geschwiegen hatte. Denn Zaininger war ein massiver Kerl geworden, der im Gemeinderat herzhafte Worte fand und in den Ferien mit seinem Rad fuhr, einmal auch nach Rothenburg, dieser abseitigen Stadt, die Kandel nie gesehen hatte, und von der er sich erzählen ließ, als Zaininger erkältet im Bett lag, weil er die Radfahrt mit einem Schnupfen und bei Regenwetter gemacht hatte, und warum? – »Der Erich hat sich doch so arg gefreut. Den hab ich nicht enttäuschen wollen.«
Seltsame Bezirke, diese alten Städte, und Württemberg war gar net schlecht; es lag abseits. Zaininger erzählte, wie im Krieg ein preußischer Offizier zu ihm gesagt hatte: »Ah, Süddeutschland... Dort kommen wohl die Eingeborenen an die Bahn und bringen Kokosnüsse?« Und Kandel sah den Buben an, dessen Konfirmation jetzt näherrückte, und der nur widerwillig Bücher las; sogar die des Karl May interessierten ihn nicht so besonders; er meinte, dieses »nicht so besonders« passe gut zu ihm, der halt noch in der Puppenhülle stecke. Du bist als Kind anders gewesen, doch wer wußte schon etwas von einem Kind... Und Kandel schaute Lili an, die sich jetzt ein bißchen auffällig kleidete, städtisch halt, und das war für Münchingen nicht das richtige; übrigens stand's

ihr gut. Vor einer Woche hatte sie sich das Haar schneiden lassen, und einmal sagte sie zu Kandel: »Eigentlich schad, daß man von seiner Jugend so wenig gehabt hat.«

»Aber das kannst doch du nicht sagen! Denk bloß an den Süskindt.«

»Du, den hab ich am Samstag beim Tietz getroffen. Der ist jetzt Stahlhelmführer. Sag aber, bitte, Alfred nichts davon.«

Sie lachte, und er schwieg. Es war an einem regenklaren Samstag vormittag im März, nicht weit von Ostern, als Zaininger in der Kirche war und auf der Orgel übte; der Schulmeister konnte schlechter Orgelspielen als der Geometer, und drum vertrat ihn Zaininger zuweilen. Lili setzte Sauerkraut aufs Feuer, das gärig roch, und hatte ums Haar ein lila Kopftuch, das ihm auffiel. Sie fragte, weshalb er sie denn so anschaue, und sagte schnell: »Das Kopftuch brauch' ich, weil ich nachher nicht nach Küche riechen will. Gelt, das ist für dich arg prosaisch?« – »Warum? Ich weiß doch gar nicht, was prosaisch ist.« – »Das ganze Leben halt«, sagte sie und lachte.

»Dann meinst du also, daß für dich jetzt nichts Neues mehr kommen kann?« fragte Kandel. Sie schwieg und sah ihn an.

Wegschauen und herschauen; etwas denken, das der andere nicht wußte. Es wob sich zusammen, floß ineinander, war ein Gemisch wie Licht und Staub mit einem Fensterkeuz dahinter. Dann ein rotbackiges Gesicht, das durch den Türspalt guckte: »Ah, der Onkel August ist schon da!«

Es war Zaininger mit den frischen Backen. Daß der seiner Lili langweilig geworden sei, das konnte er sich nicht vorstellen. Aber vielleicht war etwas geschehen, von dem er keine Ahnung hatte.

Ihr Gesicht kam ihm angestrengt vor. – »Heut nacht hat er geschlafen... Ja, geschlafen hat der... wunderbar!« sagte sie, als ihr Mann wieder draußen war. – »Du nicht?« fragte

Kandel und erfuhr, daß sie von drei bis fünf Uhr nach dem Namen des Mannes gesucht hatte, der vor zwanzig Jahren – oder ist's noch länger her? – im Neuen Schloß Wappen auf Kutschen gemalt habe: »Du wirst lachen, aber ich weiß den Namen halt immer noch nicht.«
»Irgendwas mit . . .berger. Auch mir fällt's jetzt nicht ein«, sagte Kandel und bemühte sich, ihr vorzumachen, daß er sich mühsam erinnere: »Also Schloßberger?« Lilie rief: »Du, ich hab's: Fuchsberger!« Sie hob beide Arme und hielt einen Rührlöffel in der Hand: »Das war ein toller Kerl! Der hat anders als wir gelebt, das kannst du mir glauben! Neben dem sind wir doch Schnecken!«
»Der ist mit einer Hühneraugenschneiderin zusammengekoppelt gewesen. Die hat Fräulein Allgaier g'heißen.«
Da wandte sich also wieder der Wappenmaler her, als träte er aus der Wand. Aus der Wand unsres Gesprächs. . .dachte Kandel, denn Lili hatte heut nacht niemals an Fuchsberger gedacht, und was sie redete, sollte nur eine Wand aufstellen, damit er nicht dahintersehen konnte; er wollte es auch nicht und war froh, wenn sie nichts verriet. Trotzdem kam es ihm vor, als ob sie gern mit ihm geredet und ihm alles erzählt hätte, sich aber nicht traute oder hoffte, daß Fuchsberger mit der Zeit wieder verschwinden werde. Vielleicht meinte sie sogar, sie werde etwas zurückdrängen können, das wieder heraufgekommen war, weil sie doch jetzt bald vierzig wurde und man mit vierzig gescheit werden mußte, da half alles nichts.
Es zeigte sich dann nicht mehr oder blieb versteckt. Wenn du dich nicht darum zu kümmern bräuchtest, könnte es dir recht sein. Und Kandel überlegte, was er ihrem Buben schenken sollte, denn der wurde bald konfirmiert. Eine Uhr wäre nicht schlecht gewesen, denn Kandel hatte eine von seinem Großvater, eine silberne, die mit einem kleinen Schlüssel aufgezogen werden mußte und so breit wie die Innenfläche seiner Hand war; sie hing an einer Schnur aus

geflochtenem Haar und war mit Ringen aus Goldblech verziert; ihr Verschluß waren zwei goldene Händchen, beide winzig, die ineinandergriffen. Eine gewichtige Uhr mit römischen Ziffern, und in den Schlüssel war ein Blumenkorb graviert. Der Bub wollte wahrscheinlich eine neue haben, eine, die er zeigen konnte, und kein altes G'lump; denn das alte Gelumpe war etwas für seinen Onkel August, der zwar bald siebzig wurde, aber noch recht munter war. Ein hagebüchener Geselle also, dieser Kutscher Kandel, der um seine Nichte Lili besorgt war, immer noch mit der Kutsche durch die Stadt fuhr, obwohl dies freilich seltener geschah als früher; denn du arbeitest nur noch auf Bestellung und nach Vereinbarung, wie es sich für einen geziemt, der überflüssig ist und einen alten pflastermüden Gaul vorgespannt hat... Aber du bringst es halt nicht fertig, deinen Hansel auf den Schindanger zu führen... Und er überlegte, wie es wäre, wenn er sich schließlich doch nach Höfingen aufs Altenteil begäbe und statt des Hansels einen Spitz in die Wohnung nähme; denn letztes Jahr, als die Familie Zaininger wieder am Bodensee Ferien gemacht hatte, war er auf der Gaienhofener Schiffslände mit einem Zöllner ins Gespräch gekommen und hatte von ihm allerlei über seinen Spitz erfahren. Der Mann hatte ihn einem Freund geschenkt und, wie's so ging, erst sieben Jahre später war er wieder zu dem Freund gekommen, hatte hinterm Turm beim ersten Häuslein rechter Hand und unterm Fenster auf der Bank seinen Spitz sitzen sehe. Bloß: »Lomp, wia geht's?« hatte er rufen müssen, und schon war der Spitz zu ihm hergelaufen, an ihm hinaufgesprungen. »Und gebellt hat der Kerl, Sie können es sich nicht vorstellen! Der hat einen Lebtag g'habt!«
So etwas Idyllisches fiel auch nur einem wie ihm ein, dem Kutscher, der für sich war und an das Vergangene dachte, während er seinem Großneffen – ja, so hieß das – ein Konfirmationsgeschenk kaufen wollte, eine Uhr oder einen Zeit-

weisel, wie man früher gesagt hatte. Und der Zeitweisel war aus Silber und kostete für einen Kutscher sehr viel Geld, auch wenn er Hausbesitzer war. Ein Schwabe hielt halt sein Sach' z'amme und ließ sich nicht auf Unsicheres ein. Aber zur Uhr gehörte noch ein Buch, dies unbedingt. Der Bub sollte etwas Rechtes lesen und nicht alleweil allein herumflanieren, beispielsweise auf der Nippenburg, wie sein Großonkel, der nun durch die Calwerstraße ging, in eine Buchhandlung hineinsah, ein richtig altmodisches Geschäft, das er seit langem kannte; gekauft hatte er darin freilich nie etwas. Jetzt aber wollte er dort etwas finden, das seinen Großneffen freute, auch wenn der alte Kandel längst vermodert war; dies machte ihm jetzt Spaß. Und er stellte sich vor, wie dieser Erich später Uhr und Buch seines Großonkels bei der Lampe hervorholte, auf die Zeiger schaute, in den bedruckten Seiten blätterte und zurückschaute und beschlichen wurde von Erinnerung, sich auch ein wenig vor dem fürchtete, was auf ihn wartete, und das Gesicht des August Kandel zu ihm herüberschauen sah, wie's jetzt im Glas des Schaufensters auftauchte: Eine Spiegelung, durchzogen von Häuserwänden, vor denen andre Leute vorbeigingen, als wären es Bekannte, an die er sich ebenso ungenau erinnerte wie an sich selbst; wobei ihm wieder einfiel, daß das Wort ›Kandel‹ im Hochdeutschen die Abflußrinne zwischen Straße und Trottoir bedeutete. Also kein besonders feiner Name und kein Wunder, daß eine, die Franziska Gräfin Leutrum hieß, wenig Lust verspürt hatte, von einem namens Kandel mehr zu wissen, als daß er den Ofen in der Kirche heizte, wenn sie mit ihren Eltern nach Münchingen kam.
Kandel entschloß sich, einzutreten. Dahinter war ein hohes, mit Büchern vollgestopftes Zimmer. Ein Festerflügel ging langsam auf und krächzte. Ein kleiner, rosig frischer Mann fragte Kandel, was er wünsche, und ein hagerer und langer Kerl, der Bücher in ein Regal stopfte, sagte, so habe

auch Mörikes Gartentür gesungen: ›Ach, nur einmal noch. . .‹ Er deutete auf das knarrende Fenster, aus dem nun eine Melodie herauszuhören war. Kandel aber wußte, wer Mörike war, und deshalb sagte er: »Ich möchte einen Mörike.«

Ein Zusammentreffen von verschiedenem; letzthin altmodisch und irgendwie rührend, wie's zu Kandel paßte. Nun hatte er also den Mörike unter dem Arm. Und in seiner Stube, wo er sich einheizte, packte er die Bücher aus, betrachtete die Lederrücken mit der Goldpressung und suchte das Gedicht, das ›Ach, nur einmal noch im Leben‹ überschrieben war. Halblaut las er die Zeile: »Doch besser dünkt ja allen, was vergangen ist« und dachte an Lili. Der kam's jetzt auch so vor, als ob Vergangenes besser als Gegenwärtiges gewesen wäre. Und er beschloß, sie beim nächsten Mal daran zu erinnern, wie froh sie vor zwanzig Jahren gewesen war, vom Süskindt losgekommen und Zaininger begegnet zu sein. Jetzt aber bildete sie sich wahrscheinlich ein, mit einem wie dem Süskindt hätte sie zum Tanzen gehen und die Fransen ihres Bubikopfes sich beim Charleston um die Ohren fliegen lassen können, während sie dem Münchinger Geometer Zaininger Sauerkraut mit Rauchfleisch kochen mußte.
Am siebenundzwanzigsten März die Konfirmation, als Bauernbuben hinterm Pfarrer steif zur Kirche gingen und Erich Zaininger sich kaum von ihnen unterschied; vielleicht, daß er zu oft auf seine Fingernägel schaute und linkischer ging als alle andern, das konnte sein, doch schien es Kandel, als wäre der noch kindlicher als seine Kameraden. Kein Wunder, weil die Bauernbuben jetzt aus der Schule kamen, er selber aber Schüler bleiben mußte; und er leierte seine Katechismus-Antwort auch nur schnell herunter: ». . .dazu Kleider und Schuh, Essen und Trinken, Haus und Hof, Weib und Kind, Äcker, Vieh und alle Güter bescheret, mich

mit aller Notdurft und Nahrung dieses Leibes und Lebens reichlich und täglich versorget, wider alle Fährlichkeit beschirmet und vor allem Übel behütet und bewahret; und alles aus lauter väterlicher, göttlicher Güte und Barmherzigkeit, ohn all mein Verdienst und Würdigkeit; des alles ich ihm zu danken und zu loben, und dafür zu dienen und gehorsam zu sein schuldig bin. Das ist gewißlich wahr.«
Kandel erinnerte sich seines Konfirmationsgeschenkes, dieser vier Bände Mörike, alle mit Lederrücken, und dachte, diese Bücher könnten Erich auf keinen schlimmen Lebenspfad hinüberziehen, nur wußte er den richtigen natürlich auch nicht. Und wenn du überlegst, was du ihm, wie's immer heißt, für später mitgeben möchtest, so mußt du den Mund halten... Da gab es keinen Spruch, der ihm passend erschienen wäre, und Bücher änderten sowieso nichts; die halfen keinem weiter. Auch du bist ohne Bücher durchgekommen... Obwohl natürlich diese Katechismus-Antwort, die Erich in der Kirche hatte sagen müssen, sozusagen das Richtige traf... Und der sollte froh sein, weil er einen Vater hatte, der gern lachte und nicht so genau hinschaute, einen, dem's gleichgültig war, was kam, denn wissen tat sowieso niemand was; und zurechtfinden mußte sich jeder allein.
Zaininger hatte seinen schwarzen Cutaway aus königlichen Zeiten an, der ihm knapp um den Bauch saß; um Kleider kümmerte sich der natürlich nie. Er schloß die weiße Tür des Wirtshaussaales hinter sich, stand aufrecht da, ein großer breitschultriger Kerl, an der Hüfte das Eiserne Kreuz erster Klasse. Er sagte: »Hocket euch doch na!« und lachte. Der sah besser aus als viele Offiziere und war doch bloß ein Geometer; einer, den der Krieg fest gemacht hatte, das mußte Kandel zugeben, obwohl er's gar nicht leiden konnte, wenn Alfred Zaininger sagte, die jungen Kerle von heut seien schlappe und schlankelige Burschen; denen täte es bloß gut, wenn sie beim Militär scharf hergenommen würden. »Wie war's bei uns? Da haben wir geglaubt, wir seien et-

was, und beim Barras hat man uns bewiesen, daß wir nicht mal gehen können. Das war eine gesunde Schule!«
Saudomms G'schwätz... dachte Kandel, der sich überlegte, wohin das Militär denn geführt habe. Das habt ihr jetzt davon... Trotzdem hörte er Zaininger gerne reden, sah ihn an der Wirtshaustafel oben sitzen, wo er vom Schultheiß in Derdingen erzählte, der gesagt hatte: »Wo i sitz, ist immer obe!« Die Gesellschaft lachte, und der Bub lächelte in seinem dunklblauen Konfirmationsanzug. Der saß bei seiner Mutter, und die war eine andere; halt eine aus der Vorkriegszeit, die bei den Amerongens Dienstmädchen gewesen war, eine mit einem Schulterstich, den sie beim Duell abbekommen hatte... Oh, man nehme diesen Schulterstich nicht auf die leichte Schulter... sagte Kandel in Gedanken zu Alfred Zaininger, dem gesunden Burschen mit der festen Hand, der keine Ahnung hatte, was seine Lili dachte.
Jetzt trank sie hellen Wein und sah zu einem gelblich gewordenen Stich in goldenem Rahmen hinauf, wo Kaiser Napoleon im Zweispitzhut mit hochgeklappter Krempe eine Hand in den Frack schob und neben einer Balustrade frisch gewichste Stulpenstiefel glänzen ließ. – »Gelt«, flüsterte ihr Kandel zu, »der schaut gut aus?« Abwesend nickte sie, und Kandel sagte: »Ich meine nämlich deinen Mann.«
Sie schüttelte den Kopf, doch niemand merkte es. Dann sagte sie: »Ich würd jetzt gerne eine Zigarette rauchen.« – »Da hustest du doch bloß. Sei froh, daß du's nicht mußt. – »Ich würd es trotzdem gerne wieder tun.« – »Dann bist du auf dem Holzweg.«
So verständigte er sich mit Lili, die ihm wie vor zwanzig Jahren vorkam. Wieder fragte sie ihn nach dem Wappenmaler, und er sagte: »Jetzt laß mi bloß mit diesem spinneten Simpel in Ruh. Ich weiß nix mehr von dem.« – »Das brauchst du mir doch nicht zu sagen. Aber wir könnten ihn uns halt vorstellen, sozusagen als einen hellen Mann. Weißt du, ich möchte etwas haben, das in der Ferne steht,

damit ich drauf zugehen kann.« – »Also keinen aus Fleisch und Blut?« – »Eigentlich nicht.«
Er war erstaunt über die Lili; und, ehrlich gesagt, die gefiel ihm gar nicht. Beim Kaffeetrinken, drüben in der Wohnung, wo sie die Kaffeemaschine mit dem bläulichen Spiritusflämmchen auf der Damasttischdecke (ein Geschenk der Amerongens) vor sich stehen hatte, vergaß sie den Hahnen abzudrehen; und der dampfende Trank floß über und machte einen kopfgroßen, braunen Flecken. Da lachte Alfred Zaininger, der seine Pfeife angezündet und die unteren Westenknöpfe geöffnet hatte: »Ja, waas? Das passiert meiner Frau, die doch so arg pünktlich geworden ist?!«
Der merkte nicht, daß Lili sich verändert hatte; kein Wunder, wenn man, wie sie, bald vierzig wurde.

Wieder hatte Kandel eine Hochzeitsfuhre, diesmal von der Stiftskirche zum Herdweg. Er wartete vor der Lindemannschen Buchhandlung, wo früher Goethe abgestiegen war und jetzt Buben um Kandels Kutsche herumstanden. Endlich hatte sich das Wetter zu einem klaren Tag entschlossen. Kandel wartete im Schatten bei dem Schaufenster mit Büchern, diesen seriösen, diesen verschlafenen Sachen, denn wer las sommers schon ein Buch... Und weil er von den Buben bestaunt wurde, fast als wäre er ein Denkmal, ging er in die Stiftskirche hinein, stellte sich hinter die Bänke und wartete im schummerigen Licht, wo Grabplatten herschauten, während im hellen Chor der Pfarrer redete und das Kleid der Braut, wie es sich gehörte, weiß herausschien.
Unter den Hochzeitsgästen stand einer in königlicher Uniform, hellblau und mit blanker Helmspitze, der Kandel sonderbar anmutete, fast wie der vergoldete Kaiser hinterm Alten Schloß. Nicht weit davon sah er dann Lili in einer Bank sitzen. Sie gehörte nicht dazu, zwischen ihr und der Hochzeitsgesellschaft waren viele Bänke leer, aber sie hatte

trotzdem ihr gutes Kleid angezogen, ein gelbliches mit hellem Hut. Sonderbarerweise trug sie schwarze Handschuhe, deren Ärmel bis zu den Ellenbogen reichten (auch eine Vorkriegssache), und hatte ihre Handtasche aus Silbergeflecht dabei, die aussah, als wär sie aus dem Kettenstrumpf eines Ritters gemacht worden; auch ihre Fransen waren silbern. Übrigens eine neue Tasche, und Lili hatte sie von ihrem Mann geschenkt bekommen.

Kandel, der abseits stand, kam es komisch vor, wie Lili sich aufputzte. Jetzt streckte sie den Hals und schaute zum Altar hinaus, wo der mit dem Helm stand.

Kandel setzte sich neben sie. Da sah sie ihn groß an, als ob sie auf ihn herabschaue, zuckte mit den Schultern (die will dich jetzt abschütteln) und rückte von ihm weg.

Und er verließ die Kirche. Draußen standen Leute neben seiner Droschke, und deshalb ging er rechts hinunter in die enge Gasse zwischen der Kirche und einem alten Haus, in dem früher Korn gespeichert worden war; hörte die Orgel spielen, sah, als er wieder zurückging, das Brautpaar herauskommen; es wurde von einem Photographen aufgehalten, der seinen Kasten auf einem Stativ stehen hatte, als wäre man noch in der alten Zeit. Es dauerte, hinter dem Brautpaar warteten die Hochzeitsgäste, und der in der hellblauen Uniform stand in der Mitte; seine Helmspitze blitzte, und Lili ging an ihm vorbei; es war der Herr von Süskindt.

Einsteigen in die Kutsche. Süskindt nahm neben dem Brautpaar Platz, redete von »toller Aufmachung« und: »Da sagen diese Demokraten immer, unsere imperiale Vergangenheit sei längst vermodert«, worauf das Brautpaar lachte. Kandel fuhr langsam an, drehte sich um und sah, wie Süskindt sich salutierend vorneigte, weil Lili auf dem Trottoir ging.

»Imperiale Vergangenheit... im Abwelken begriffen, aber neue, lebensfähige Triebe ansetzend... Wir werden es schon schaffen, unsere jungen Leute sind enorm biegsam... Bedürfnis nach echter Autorität niemals abzuwürgen... Und außerdem sind unsre Geldreserven nicht die flachsten, haha! Bis wir in unserer Kasse den Boden sehen, dauert es noch lang... Und Hugenberg... Aber mit diesem böhmischen Gefreiten und seinem brauen Mob werden wir niemals paktieren...«, hörte Kandel beim Fahren in der sommerhellen Stadt, während von überall her Glockenläuten sich vermengte und zusammenschlug, Häuserschatten dunkelkühl herstreiften und Sonnenschärfe sich auf Gesicht und Hände legte. Dann flog der Fahrtwind her, die Hufe trappelten, und da und dort lachte einer hinter ihm, was höhnisch klang.

Kurze Augenblicke, in denen Kandel Lili schärfer als früher sah. Übrigens hatte er, der Bequemlichkeit wegen, seine Kutschenräder mit Gummireifen überziehen lassen, und manchmal überlegte er, ob er sich einen zweiten Wagen kaufen sollte, denn Kutschen waren jetzt recht billig. Wie wär's denn mit Egelhafs Hofkutsche, der mit den Messingadlern auf den Lampen, die du grünspanig werden ließest, weil es so der Vergangenheit entspräche und des Altmodischen würdig wäre, dachte er und schaute sich nach Egelhaf um, der Chauffeur geworden war, doch wollte ihm der heute nicht begegnen. Es ereignete sich kein zufälliges Zusammentreffen, denn Kandel legte auf den Zufall wert. Dann vergaß er Egelhaf; es war ihm ja auch mit dem Kauf der Kutsche nicht ganz ernst gewesen, und wohin hätte er die stellen sollen, wenn in seiner Remise hinter der Alleenstraße nur für eine Platz war? Es wäre ihm fast auch wie ein Verrat an seiner alten vorgekommen, mit der er sich geradezu verwachsen fühlte. Den Hansel gibst du auch nicht her, obwohl der manchmal stehenbleibt und den Kopf hängen läßt. Aber du gewöhnst dich halt nicht gern an etwas Neues, und wenn der Hansel stirbt – bei einem Pferd sagt man nicht ›sterben‹, ein Pferd ›steht um‹ – kaufst du dir keinen neuen Gaul mehr. Und er dachte an das Wort ›umstehen‹, überlegte, ob damit das Überwechseln in einen anderen Bezirk gemeint sei (was ihn für das Wort eingenommen hätte), bis es ihm trotzdem davor graute; denn Menschen hatten nicht das Recht, wegwerferisch über den Tod zu reden.

Das Recht... das Recht; das änderte sich doch willkürlich. Herren wie Süskindt änderten nach Gutdünken das Recht. Übrigens haftete dem Wort ›Gutdünken‹ etwas Verlogenes an. Und da Kandel möglichst wenig Verlogenes in der Nähe haben wollte, begnügte er sich damit, alles so zu sehen, wie es ihm erschien; denn jeder wußte nur, wie's ihm erschien, aber nicht, wie es war. Dann traf er Lili in der Stadt. Sie drehte sich um, sah in ein Schaufenster hinein, als er durch die Passage des Wilhelmsbaus ging, wo viele Kronleuchter und Deckenlampen in der Auslage eines Geschäfts strahlten. Und er fragte Lili, ob sie es daheim so hell haben wolle, wie in diesem Laden dort. »Im Gegenteil. Weißt du, ich suche alte Lampen.« – »Ach, so.« – »Bei dir bedeutet alles immer irgendwas.« – »Bei dir doch auch?«

Da war die Lili heute also kratzbürstig gestimmt, und er durfte es als gutes Zeichen nehmen. – »Eigentlich bin ich froh, daß ich dich jetzt getroffen habe«, sagte sie. Und er: »Weil du dann einen Grund hast, vom Süskindt wegzulaufen.« Sie nickte, sah sich um: »Gut, daß du's selber merkst.« – »Sei froh, daß dein Mann wenigstens so tut, als ob er wenig merke.« – »Ach, der merkt doch nichts... Oder kennst du den am schlechtesten, der immer um dich rum ist?« fragte sie. – »Ja«. – »Dann würde ich den Süskindt also besser kennen?« – »Ich glaube kaum. Weil du ihn in der Ferne als hellen Mann stehen siehst. In der Ferne deiner Phantasie.« Und er erinnerte sich an ihr Wort über den Wappenmaler, den auch sie als hellen Menschen hatte sehen wollen.

»Daß du den Wappenmaler damals arg bewundert hast, daran denkst du wahrscheinlich nicht mehr«, sagte sie. – »Doch. Aber du hast mir so viel von ihm erzählt, und ich hab dir geglaubt, daß er halt ein Schlawiner ist«, antwortete er. – »Dann soll ich jetzt also dir glauben, der Süskindt sei auch einer?« – »Also, besser wär es für dich schon.«

Sie seufzte leise, sah zur gewölbten Decke der Passage auf: »Eigentlich hast du natürlich recht...« Lili ließ ihr silbernes Fransentäschchen an der langen Kette baumeln, blieb stehen und stellte ein Bein vor. Das paßt gut zu ihr, nur wollte es ihm scheinen, als ob sie in der letzten Zeit ein bißchen abgemagert wäre, was freilich nicht zu stimmen brauchte, weil Lili weder zu den Dicken noch zu den Molligen gehörte. Und im Weitergehen – sie ging scharf rechts hinunter, also der Altstadt zu – wollte er herausbekommen, was sie am Süskindt jetzt wieder bewundere, doch wußte sie darüber nur: »Eigentlich nichts« zu sagen. Kandel überlegte, wie sie's immer wieder fertigbringe, von Münchingen in die Stadt zu kommen, welche Ausreden sie erfand, oder ob sie nur sagte, sie wolle halt zum Onkel August hineinschauen, als sie von den Büchern anfing, die er Erich geschenkt hatte. – »A feine Sach, die Bücher, und eigentlich möcht ich jetzt mehr erfahren von dem Mörike. Weißt, weil der so was hat, das schmunzelt. Und das hätt ich auch gern, bring's aber nicht aus mir heraus.« – »Ha jo, du bist jetzt mehr fürs Dornige, ich weiß; also für das, was kratzt und sticht. Wenn dir's bloß g'fallt.«

»Vielleicht ist's komisch... Oh, das kann schon sein. Aber wann kommt einem andern so etwas nicht komisch vor? Und schließlich hab ich seinetwegen einen Schulterstich bekommen. Das darfst du nicht vergessen.«

Nach Münchingen hinausfahren; der Lili einen abgeklärten Mann vorspielen; mit dem Erich schwätzen und dich wun-

dern, weil der Zaininger nichts merkt: Das ist deine Beschäftigung in diesem Juni.
Einmal nahm er Lili in der Kutsche zur Nippenburg mit, wo die alte Linde von Bienen brauste und über Thymian Schmetterlinge schwankten. Dabei fiel ihm ein, daß er nun wirklich das sei, was er sich schon früh – also mit sechzehn – gewünscht habe: Unabhängig. Und er erinnerte sich einer Liebesg'schicht', aber nicht jener mit Fräulein von Leutrum, die droben beim Tor manchmal Forsythienzweige abgeschnitten, von sich weggehalten und angeschaut hatte, wahrscheinlich, weil sie überlegte, ob sie in ihre Vase paßten; er aber war an der Mauer gestanden, in der Hand eine Sammlung deutscher Gedichte (dem Mörike sein »Zierlich ist des Vogels Tritt im Schnee« war auch darin gestanden). Und mehr war mit Franziska nicht passiert. Aber mit jener anderen, die Lili geglichen hatte und sieben Jahre älter als er gewesen war, mit der freilich schon... Und seither kannte er das wirkliche Gesicht der Liebe und wußte, wie es war. Zerrissen halt, sonst nichts. Das Gleichgewicht kam nicht dabei heraus... Er fragte sich, ob er alles noch einmal sehen wolle, sozusagen im Guckkasten der Erinnerung? Das vielleicht schon, aber nicht jetzt, neben der Lili.
»Hast wieder einmal mit dem Hansel g'schwätzt?« fragte sie, und er nickte. – »Dann war also auch bei dir mal was los?« – »Mhm.« – »Also war deine auch verheiratet?« – »Mhm.« – »Ich wüßt gern mehr, damit ich etwas lerne.« – »Sie wollte mich behalten, und ich habe nicht gemocht.« – »Dann ist's bloß eine unglückliche G'schicht. Die gehört abgestellt«, sagte Lili.
Sie beschrieb ihm ›das Nähere‹, und wenn sie ehrlich war, paßte ihr's gar nicht, daß der Süskindt immer wieder von dem ›Stahlhelm‹ anfing; letzthin war ihr der nämlich gleichgültig. Aber irgend etwas müsse man doch haben, das sozusagen in der Ferne stehe. Und Kandel sagte: »Also einen Wappenmaler.«

Es verwunderte ihn, daß er's jetzt mit ihr leichter hatte als vor zwanzig Jahren. Sie sagte, der Süskindt habe sozusagen einen ›Wappenmaler‹, und darum beneide sie ihn halt: »Sein Wappenmaler ist der deutsche Kaiser oder so was ähnliches. Aber der Kaiser...« Sie verzog den Mund und schüttelte den Kopf. »Schon vor zwanzig Jahren hab ich dich darum beneidet, daß du glaubst, der Wappenmaler sei großartig«, sagte sie; und dies erstaunte ihn, denn davon hatte er damals an Lili nichts bemerkt.
Die Richtung wissen, in der die Wünsche wachsen wollten, darauf kam es an... Und Kandel überlegte, wohin früher seine Sehnsucht sozusagen ausgeschweift war. Also zweifellos zu Franziska von Leutrum, nur daß er leider schon mit siebzehn gewußt hatte, wie unmöglich und wie dumm das sei; trotzdem hätte er gerne als Kutscher bei ihr im Schloß oder in ihrem Palais in Wien gewohnt; nur hätte man dort heut statt eines Kutschers einen Chauffeur gebraucht.
Also auch nur eine Einbildung, ein Luftschloß. Du kannst froh sein, als Hochzeitskutscher noch ein bißchen mitmachen zu dürfen. Gegen dein Leben hast du gar nichts einzuwenden, das wär ja blöd...
Es hätte ihm auch nichts genützt. Der Wappenmaler, den er bei der Revolution auf dem Charlottenplatz mit Matrosen im Auto hatte sitzen sehen, war für ihn alles andere als ein ›heller Mann‹ gewesen. Und Kandel saß auf seinem Bock, gerade und ein wenig steif, verschlossenen Gesichts mit grauem Kinnbart. Die Zügel haltend, fuhr er in der Straße, wo er schärfer aufzupassen hatte als vor sieben Jahren. Sein Frack war tadellos gebürstet und so schwarz wie seine Kutsche, der steife runde Hut gerade aufgesetzt und nicht so schief, wie er's mit dreißig gerne gehabt hatte. Oder täuschte er sich da, und er hatte schon damals...
Es freute ihn, wenn unter den Passanten auf den Trottoirs jüngere Leute auf ihn zeigten. Einmal wunderte er sich, als

eine Kolonne in Khakijacken, die in einer Altstadtgasse marschierten und eine rote Fahne voraustrugen, ihm Platz machten und zuriefen: »Schwager, wo naus?« Solche vom ›Stahlhelm‹ konnten's nicht gewesen sein, denn die trugen feldgraue Jacken. Gefallen tut dir weder dies noch jenes, und über die in braunen Blusen mit dem krummen Kreuz am Ärmel, über die schweigst du dich aus. Der Zaininger jedoch... Ach, der gute Zaininger. Der hatte einen Schrank voll eleganter Uniformen, alle hellblau oder dunkelblau, und leider ganz veraltet.

Zu den Uniformen und den Kitteln jener Stempler, die vor den Arbeitsämtern standen, gehörten andere Gesichter als das des Kutschers August Kandel. Du hast nur Glück gehabt. Im letzten Augenblick hast du den Bauernhof in Höfingen gekauft, der arg verlottert war, und den du neu herrichten lassen solltest, aber mit welchem Geld? Also verkaufst du das Haus wieder? Das wär arg dumm.

Eine Zwickmühle. Auch Kandel konnte sich nicht aus ihr herauswinden, aber er tat, als säße er nicht drin. Im Gasthof zur ›Sonne‹ hörte er Arbeiter reden: »Der Louis hat mich um halber zwölfe aufgeweckt, und ich hab g'sagt: ›Man reißt einen doch nicht so kurz nach Mitternacht schon wieder aus dem Schlaf!‹ Nun ja, es war halt Zeit zum Stempeln. Mensch, das ist doch kein Leben, so herumzulungern. Und in was für einer Bude hab ich vorher g'schafft! Terrazzoböden, weißt du. Da haust du halt den Dreck hinein und streichst ihn glatt, und es ist gut und sauber.«

Der Terrazzoleger schaute an die Decke und schüttelte den Kopf. Etwas andres hätte auch der Kutscher Kandel nicht tun können, wenn er drüber nachdachte, was geschah; deshalb bemühte er sich, nichts zu denken, doch fiel's ihm schwer. Die Luft und das Licht waren immer noch wie vor dreißig Jahren, und deshalb wollte er sich um Luft und Licht kümmern, obwohl ihm dies auch nicht immer gelang.

Und Lili redete vom Süskindt und daß ihr Mann auch ganz auf Süskindts Seite stehe, jedenfalls, was ›das politische Gedankengut‹ betreffe; denn jetzt erzählte Lili manchmal etwas von ›politischem Gedankengut‹.
Da rutschte Kandels Zunge aus, und er sagte halblaut »Stopf deinem Alfred Strümpf und red nicht so geschwollen. Du schwätzt es doch bloß nach.« – »Aber du siehst doch den Schlamassel selber. Oder siehst du den Schlamassel wirklich nicht?« – »Jetzt hör mir bloß auf mit Schlamassel. Oder glaubst du, das sei schwäbisch? Die Leut in der Regierung, hier bei uns, das sind saubere Kerle. Hast du nicht gelesen, was der Staatspräsident Bolz gesagt hat?«
Freilich, es nützte nichts, wenn einer sagte, die Leute sollten Geduld haben, bald werde es sich bessern; denn was später geschehen konnte, das wollte sich keiner ausmalen, der leben mußte; seine Geduld war seit langem schon strapaziert worden. Lili aber sollte sich als Geometersfrau zufriedengeben und nicht so elegant ausschweifen, auch wenn sie vierzig wurde.

Da freundete sich nun also Zaininger mit dem pensionierten Herrn Major von Süskindt an, der den Krieg über in der Etappe oder zu Haus gesessen war, während Zaininger solch einen im Krieg verachtet hatte. Es war sonderbar: Alfred merkte nichts von den Hintergedanken, die sich nicht nur in Lili eingenistet hatten, denn diese Lili suchte einen ›hellen Menschen‹, einen ›Wappenmaler‹. Gescheiter wär's gewesen, sie und ihr Alfred hätten sich an den Doktor Römer gehalten, der Rechtsanwalt in Leonberg war und sich neben seiner Kanzlei für ein Rostbrätle, aber mit vielen Zwiebeln, und für württembergische Weine interessierte; auch fürs Hinausschauen zum Asperg hatte er was übrig, und daß Graf Leutrum von der Nippenburg heuer statt Zuckerrüben Hafer gesät hatte, das interessierte den; vom ›Stahlhelm‹, von den ›Roten‹ und den ›Braunen‹ aber sagte er, die gäben dem Unglück bloß zu fressen, daß es ganz mast werde und sich ins Land wälze. – »Ihr werdet's schon noch selber merken!« rief er im ›Hirschen‹ zu Schwieberdingen, und seine Hände zitterten. Er nahm den Zwicker ab und wischte sich die Glatze. Dann sprach er mit Erich über Mörike, und daß er mit dem durch seine Base Neuffer verwandt sei, ja, derselben, die Klärchen geheißen habe, eine Jugendliebe: ›Jenes war zum letzten Male, Daß ich mit dir ging, o Klärchen...‹ und Kandel erinnerte sich an den Anfang des Gedichts; es hieß ›Erinnerung‹. Und wenn man halt so zurückdenke, jetzt, da man bald siebzig werde – »Gelt, Herr Kandel, wir sind der gleiche Jahrgang?« – gefalle einem die Erinnerung, die wie die grünliche Mauer des Nippenburger Parkes sei. – »Ja, seid ihr denn schon solche sture Böck, daß ihr den Sommer nemme agucke könnt, bloß wegen eirer Politik?« fragte Doktor Römer und unterhielt sich mit Erich übers Radfahren an einem heißen Tag, wenn er nach Ditzingen hinausfuhr, wo der Bach beim Schloß unter den Weidenzweigen schwarzblau war. »Und der Storch auf dem Kirchendach... Ha, ihr könnt sagen, was ihr wollt! Sagt doch, der Doktor Römer merke nichts vom Leiden seiner Volksgenossen! Ach, ihr Simpel! Ein Rechtsanwalt, und nichts vom Leiden wissen... Dabei denkt doch jeder von euch bloß an höhere Gehälter.« Zaininger lachte. Gut, daß Alfred mit niemand Krach haben wollte. Das Viertele Haberschlachter kostete hier fünfzig Pfennig. Lili schaute aufs Tischtuch, runzelte die Stirn und strich mit dem kleinen Finger Brotbrösel zusammen. Erich wurde rot, als Doktor Römer mit ihm anstieß: »Prosit! Wir zwei wissen wie es ist.« Und Römer zwinkerte, sah zu Zaininger hinüber, der braungebrannt und im offenen Hemd dasaß, ein Felsen mit Stehhaar wie sein Hindenburg. – »Der und sein Hindenburg...«, flüsterte Doktor Römer.

Auf dem Heinweg war der Abend grünlich und hatte eine Spur von Gold. An einer Scheune wurde das Nippenburger Wappen heller gefärbt. – »Immer noch ist das Eduardle bei uns«, sagte Doktor Römer und meinte Mörike. Und Schwieberdingen hatte sich auch in den letzten hundert Jahren kaum verändert; mit seinen altersbraunen Dächern beispielsweise, und daß ein Keller ins Erdreich hinein offenstand und einen sandsteinernen Torbogen hatte. Also schön ... Und ändern kannst du auch nichts.
Erich ging alles, was jetzt in der Ferne sich aufreckte und herüberschaute, schärfer an als alle dachten; das merkte einer wie der Kutscher Kandel besser als ein Geometer; denn einem Sechzehnjährigen des Jahres neunundzwanzig, der neben der Schule bloß von Mörike etwas wissen wollte, dem graute es doch vor der Zeit.

Du siehst es. Das genügt. Hast du das Flackernde schon hinter dir? Immerhin hast du davon gehört, daß es Gefühle gibt, die in den Leuten sozusagen lodern. Und selbst erfahren hast du nichts? Schau doch mal in dir selber nach... Und Kandel versuchte, sich's zurechtzulegen, als sähe er alte Photographien an, obwohl er das Bild jener Dame nur im Kopfe hatte.
Froh bist du, weil es jetzt weitab liegt... Und er fragte sich, ob er damals glücklich gewesen sei. Nein, glücklich nicht. Aber sie wiedersehen hast du wollen und gedacht: vielleicht ist sie heut anders... Dann war sie so, wie er sie kannte, und auch er selbst hatte sich nicht verändert, obwohl er gehofft hatte, daß sie heut vielleicht anders sei. Trotzdem freute es ihn, sie so zu finden wie zuvor: Eine Langbeinige, und Schmale und Schwarzhaarige, der manches einfiel; freilich auch eine, die dicht an der Wegkante ging; und einmal wäre sie im Wald beinahe abgerutscht, nicht tief, aber doch so, daß sie den Knöchel hätte brechen können. Sie sagte: »Oh, deine Leidenschaft ist toll!« und es

klang spöttisch, denn er war, damals im Wald, nur langsam neben ihr gegangen. Aber was war es eigentlich? Wegbleiben wär besser gewesen, und das ging nicht; damals hatte das Wegbleiben noch nicht dazu gepaßt; und er hörte sie sagen: »Jeder wartet doch auf etwas, das nie kommt.« Sie war eine gescheite Frau gewesen, nicht umsonst die eines Rechtsanwalts; und er hätte nicht sagen können, weshalb sich dann eine wie sie den jungen Kutscher Kandel nahm.

Manchmal hatte sie ein schwarzes Kleid an, das ihr bis unters Kinn reichte, und war trotzdem fröhlich. Gewartet aber hatte sie auf einen anderen als auf den Kutscher August Kandel, der damals auch schon in der Alleenstraße gewohnt hatte und für sie leider kein ›Wappenmaler‹ gewesen war, wie er zu Lili sagte, als sie ihn besuchte und von ihm wissen wollte, ob er niemals...

»O doch. Gewiß. Und jetzt hab' ich's dir ja erzählt.«

»Ich seh dabei nur Silhouetten. Wahrscheinlich willst du's so. Weil du halt nicht gern was verrätst.«

»Wenn du's genau weißt, ist's bloß fad.«

»Auch richtig... Und leider weiß ich's beim Süskindt genau.«

Sie lachte, und er sagte, bei einem solchen Stahlhelmführer sei's kein Wunder: »Auch wenn du einmal einen Schulterstich bekommen hast... Mit vierzig ist der längst verheilt. Und dann merkst du, daß dein Süskindt auch nur einer ist, der in der Uniform gut aussieht. Das heißt: So stellt sich das ein Kutscher vor, der einmal Schulmeister hat werden sollen.«

Es kam ihm vor, als ob ihm jetzt nur noch junge Menschen gefielen, die mittleren und älteren aber gleichgültig seien. Von den jungen kennst du doch nur Erich, und der, ach, der... So wie die andern war der nicht. Oder bildest du dir vielleicht ein, wenn du solch einen kennst, der in seiner Dachstube sitzt, alles liest, was er über den Mörike bekommen kann, und der dich frägt, wie's vor dem Krieg gewesen sei, ob man sich da auch so gefühlt habe, als hocke man in einer Zange... daß ein solcher wie viele sei? Natürlich nicht... Und Kandel stellte sich Erichs Lächeln vor und wie er an ihm vorbeischaute, wenn sein Onkel sich darum bemühte, den König mit Worten herauszubringen, den König, der sommers unter den Kastanien der Anlage vor dem Neuen Schloß gegangen war und seine weißen Spitzer dabeigehabt hatte. Ein Rückwärtsschauer, dieser Erich, ach, du liebe Zeit.

»Also, elegant war die Zeit damals schon?«

»Vielleicht... Weißt, Erich, mir kommt's vor, als ob man damals bloß so getan hätte, als wär man elegant. Oder ist es üblich g'wesen, daß man elegant gewesen ist.«

»Und was ist heute üblich?«

»Daß man grob ist. Und als junger Mensch beispielsweise zu Jungdeutschland geht.«

»Das sagt der Vater auch. Aber i will halt net.«

»Warum?«

»Dort bin ich doch auch bloß mit denen aus der Schul' zusammen, und das kommt mir«, er räkelte die Schultern, »halt ungewaschen vor. Einer reibt sich bloß am andern, und das reicht mir, wenn ich in der Schul' bin.«

Der war also lieber allein; übrigens hatte Kandel dies schon seit langem bemerkt. Ob's ihm später gelingen würde, dieses auszubalancieren: Vor den andern eine Rolle zu spielen und trotzdem für sich zu sein? Als Kutscher war's verhältnismäßig leicht gegangen, weil man dabei meistens allein gewesen war. Freilich, am Standplatz, beim Warten auf die Fuhr, und manchmal auch am Abend, wenn die andern gesagt hatten: ›Komm, wir heben einen. Gehst mit zum Julius Krumm?‹ dann hatte er nicht gut nein sagen können. Sonst aber, unterm Fahren, oder wenn er den Schlag aufmachte, das Gepäck des Fahrgastes verstaute, dann hatte er sich zu verneigen und zu fragen: ›Wohin soll's gehen, bitte schön?‹ Mehr war für einen Kutscher nicht notwendig. Auf dem Bock aber saß er so weit vorne und so hoch oben, daß ein Gespräch mit dem Fahrgast unmöglich war. Bei hochgeklapptem Verdeck hast du sowieso deine Ruhe g'habt. Als Taxichauffeur aber müßtest du mit andern unter einem Dach sitzen, und das ist nichts für dich. Und er fragte Erich, was er einmal werden wolle, obwohl er's schon von Lili wußte.

»Als Pfarrer hätt ich vielleicht Zeit für mich.«

»Ah, wie der Mörike... Dann tust du also gerne Reden halten, alleweil mit den Leuten dischkurieren, oder net?«

Jetzt lächelte der Bub, wurde rot und sagte, das habe doch der Mörike auch nicht so gern getan. Kandel sagte, aber das müsse doch ein Pfarrer, oder was denn sonst? Er habe bloß solche getroffen, die gerne geschwätzt hätten. »Freilich, viele Pfarrer habe ich nicht kenneng'lernt.« Und es fielen ihm die aus dem Hohenlohischen ein, die er vor dem Krieg – er dachte: in deiner Wappenmaler-Zeit – einmal durch die Stadt gefahren hatte und die lustig gewesen waren; lustig und gesprächig, eine Schar, denn die meisten Menschen lebten gerne rudelweise.

Erich paßte nicht zum großen Haufen, aber wohin paßte der? Schwierig zu sagen, und besonders jetzt, da sich etwas heranschob; denn nun schob sich der große Haufen näher.

Was du dir alles ausdenkst. Weißt du vielleicht, was kommen wird? Davon hast du keine Ahnung, und es würde dir nichts nützen, wenn du's wüßtest, denn aufhalten kannst du nichts... Und Kandel meinte etwas zu bemerken, weil er den Buben kannte, der sechzehn Jahr jung war und Rechtsanwalt werden sollte, obwohl er dafür ebensowenig wie zum Pfarrer taugte; denn wer nicht gerne Reden hielt, taugte weder zum Pfarrer noch zum Rechtsanwalt, nur sah das sein Vater nicht; denn beim Wort ›Rechts-

anwalt‹ dachte Zaininger an den Doktor Römer, von dem er meinte, der habe ein herrliches Leben.
Über Erich dachte Kandel: der ist mir zu folgsam... Der tat doch alles, was sein Vater von ihm verlangte. Dich interessiert's, ob sich der später nicht mal sperrig zeigt. »Schäfer wär für dich am besten«, sagte Zaininger zu seinem Sohn und lachte. Gut, daß der alles von der leichten Seite nahm, während Kandel eher dunkel sah. Auch Lili konnte nichts auf die leichte Schulter nehmen und meinte, es käme halt von ihrem Schulterstich. Sie erzählte, daß Zaininger ausgerufen hatte: »Mei Bua kann alles werde, was er will! Aber leider muß er halt was werden!« Und Lili erzählte, wie ihr Mann nachts heimgekommen war, um halber drei, als der Himmel durchscheinend wurde, jetzt ganz wunderbar. »Hast schon einmal den Himmel g'sehn im Juni, ich meine: In der Früh? Du, das verdank' ich Alfreds Rausch!« Und Lili war jetzt wieder einmal so, wie er sie am liebsten hatte: Fröhlich und nicht mehr seelisch verschrumpelt. Auf der Bank der Wirtschaft ›Zur Kiste‹ lehnte er sich zurück, hörte ihr zu und sah, wie aus ihrem Gesicht wieder die frühere Lili hervorkam, mit einer nicht mehr so dünnen Haut wie vor zwanzig Jahren, was vielleicht weniger verlockend aussah, aber für sie nur gut sein konnte, angenehm oder besänftigend, denn eine dünne Haut zu haben, das war immer schmerzhaft. Ihr Sohn, dieser Erich, hatte eine dünne Haut (ein Erbstückle von Mutterseite), doch ging's jetzt nicht um ihn. Lili war wichtiger. Und sie hatte also den Morgen heraufkommen sehen, als ob's ein Wasserleuchten wäre, glatt und silbern; die Ränder unterm Blau ganz blank, und darüber die Entzündung mit den Strahlenfransen, draußen über Leonberg, wo der Hügel mit dem Wasserturm vom Licht dunkel herausgeschnitten wurde aus dem Himmelsrosa. Sie sah's vom Fenster des Schlafzimmers, und unten war die Straße grünlich, aber nur hautdünn. Zaininger stolperte heran; sie kannte seinen Schritt.

Dann blieb er unten stehen, streckte die Arme und drückte die Brust raus, winkte den Leonberger Hügeln zu, stellte sich an die Mauer. Es plätscherte in der Stille, er knöpfte sich die Hose zu und zog seine Krawatte fester. Er stieg herauf, die Schuhe in der Hand, klinkte die Tür auf, leiser als der Sonntagmorgen, guckte herein, lächelte und flüsterte mit gespitztem Munde, daß er zum Doktor Römer gesagt habe, wichtiger als alles sei halt doch die Freundschaft und a Viertele. »Und die Bank im Zug ist samtig wie mein Kopf gewesen, weißt.«
Jetzt war er wieder da mit seinen roten Backen, Lili aber konnte nicht verstehen, daß sie einmal diesen stärchen Süskindt... »Ach, du weißt schon... Aber, was kannst machen? Mußt's halt laufen lassen.«
Sie trank ihr Viertele, und Kandel dachte, der Rausch ihres Mannes habe alles Alte weggeschwemmt. Das war für sie am besten. Draußen wurde leider gar nichts weggeschwemmt, dort bildete sich bloß der große Haufen und kam wie ein wandernder Berg herbei.

Ach, bilde dir nichts ein. Laß den großen Haufen wachsen und zockele mit deiner Kutsche durch die Straßen. Jetzt bist du schon ein arg seltsamer Kunde, und sie lachen über dich. Aber das Lachen hinten liegenlassen, als ob's Roßbollen wären, darauf kommt es an. Merkst du dir das für immer?
Erich ging mit seinem Vater nach Cleversulzbach, wo Mörike Pfarrer gewesen war. Er erzählte es dem Onkel August in seiner Weise, also mit abwesendem Lächeln und indem er schräg zum Fenster hinausschaute oder an seinen Fingern zupfte. Kandel dachte: so einen hat es früher mal gegeben, aber wann und wo? Und er erinnerte sich eines Hauslehrers von der Nippenburg, eines Studenten, der die Kinder des Grafen ausgeführt und auf Spaziergängen begleitet hatte, und dem er in Ditzingen, Möglingen, Mün-

chingen und Schwieberdingen ab und an begegnet war. Kandel erzählte Erich von diesem Hauslehrer und sagte: »Irgendwo hat dann immer die Kutsche g'wartet, meistens beim Ditzinger Kirchle.« Der Bub sah aus, als ob er diese Szene wirklich vor sich sähe. »Du bist für mich ein gutes Fernglas in die Vergangenheit«, sagte der Bub und zeigte ihm Cleversulzbach, indem er's beschrieb, als schauten sie zusammen einen Stahlstich an, der braunfleckig geworden war. Zwischendurch aber kam's heraus, daß er das Dorf trotz seinen romantischen Augen so gesehen hatte, wie es heute war: mit Häusern, die grindig aussahen, weil der Verputz abblätterte. Die Kirche aber sei noch wie vor hundert Jahren.

Wenn etwas ›noch wie vor hundert Jahren‹ war, veränderten sich seine Augen, und das war freilich schlecht. Zwischendurch flog ihn wieder dieses Geschärfte oder Ironische an, und vielleicht wollte er sich dazu zwingen. Kandel kam's wie ein Schnitt oder ein Riß vor, jedenfalls quälerisch, auch für den, der zuhörte. Der merkte doch, daß heutzutage kein Dorf mehr wie vor hundert Jahren war, auch wenn sich in ihm scheinbar nichts verändert hatte. Und Kandel hörte: »Du, der Mörike hätt' von der Kanzel aus den Bauern auf der Empore die Hand geben können. So eng ist's dort. Aber anheimelnd. Ja, ich hab das Anheimelnde gern, und das ist auch altmodisch. Aber vielleicht vergönnt man mir's gerade noch so lang ich lebe.«

Er lachte; erzählte von einem Langen, Hageren und Bleichen, der in der Klasse hinten saß, ein guter, ja ausgezeichneter Schüler. Und der hatte gesagt: »Also, wenn ich solch einen lyrischen Ballast mit mir herumschleppen müßt, dann würd ich mich aufhängen.« – »Aus dem wird mal ein großer Ingenieur«, sagte Kandel, obwohl er's auch nicht sicher wußte; aber der Bub sollte merken, daß es heute auf die Ingenieure ankam und nicht auf irgendwie verträumte Pfarrer; falls es die überhaupt noch gab.

»Nun ja«, sagte der Bub, »der Mörike ist schon vor hundert Jahren ein arg schlechter Pfarrer g'wesen.« – »Und dich freut's bloß!« – »Ha freilich!« Und wieder lachte er.

Der hatte einen Sprung oder einen Riß; und seine Mutter, die Lili, einen Schulterstich; also paßten sie zusammen. Übrigens sonderbar, daß es jetzt solche mit Rissen und Sprüngen gab; früher war ihm dies nicht aufgefallen. Gut, daß Lilis Mann anders war, also ein Unverletzter. – »'s ist ein Wunder, daß von mir noch etwas übrig ist«, sagte der und zählte Doktor Römer seine Verwundungen auf. »Mei Ranze hot's ausgehalte!« rief er im ›Hirsch‹ von Schwieberdingen, und sie becherten weiter.
Sein Geschäft als Geometer, das lief nebenher, denn das hatte Zaininger gelernt; das konnte er, das war sein Handwerk, das hatte er nicht bloß im Kopf, sondern auch sonstwo, halt »im ganze Ranze rom«. Und Lili erzählte, daß ihr Alfred nie ein Lehrbuch gelesen hätte. – »Dann hat er's halt nicht nötig«, sagte Kandel.
Ein beneidenswerter Mann, der breitbeinig dastand. Kandel stellte sich ihn vor, zum Beispiel nachts, wenn sich Wind ans Fenster preßte oder die Alleenstraße von ausgreifenden Ästen düster wurde, da und dort nicht nur von Gaslampen, sondern auch von elektrischem Licht schwarzspiegelnd verwandelt, das mit der Zeit aus Stuben und aus Korridoren ins Freie hinausgekrochen war. So würde es noch weitergehen, vielleicht sogar auf die Landstraßen, und so lange leben wie das Kerzenlicht bis heute gelebt hatte, das nur noch auf Altären oder an Christbäumen angezündet wurde; denn daran merkte Kandel, daß sich etwas verändert hatte, allerdings nicht nur, was die Lichter betraf. Und wie es sich auswirkte, horchte er den Gesprächen ab oder sah's am Mienenspiel, etwa bei Leuten, die in einer Wirtschaft beieinandersaßen. Da fiel ihm dann Zaininger ein, der mit der freien Stirne und der frischen Haut; aber

auch solche redeten vom ›Unglück Deutschlands‹, sprachen über den ›Schandvertrag von Versailles‹ oder vom ›Hungerkanzler‹.
Lili brachte ihm dann einmal eine illustrierte Zeitung mit und sagte: »Darin ist ein Gesicht; will sehen, ob du's findest.«
Es schaute von der zweiten Seite her. Nur dieses Gesicht sah ihn an, etwa fünfzigjährig, einer mit kahlem Schädel, das Haar über den Ohren beinahe weiß, die Augenbrauen dunkel; durch die randlose Brille schaute seine Einsamkeit heraus. Der war einer, der sich in der Hand hatte, einer, der es wußte, aber was? Daß sich der große Haufen näherte... Und Kandel kam es vor, als ob ihn früher im Geschichtsbuch, dort wo ein paar Standbilder aus römischer Zeit in Stahlstichen abgebildet gewesen waren, ein solcher Kopf angeschaut hätte, einer, der Steinernes erwartete oder mit etwas rechnete, dem niemand mehr ausweichen konnte; der wußte, daß er nur einen hatte, den er kannte, einen Verläßlichen: sich selbst. Der Mann hieß Brüning und war Kanzler.
»Der hat den schwarzen Tag erlebt«, sagte Lili und meinte, das sei damals gewesen, als in der Wahl die Feinde der Regierung zu einem großen Haufen angewachsen waren.
Es war also nur ein Gefühl; mehr wußte Lili nicht, und auch er hatte keine Ahnung. Was einer wie Kandel tun sollte, wußte vielleicht nicht einmal der Doktor Brüning; aber richtig gewählt hast du vor sieben Wochen ... Und Kandel sah Zaininger schmunzeln und hörte sich selbst sagen, also schwarzweißrot könne er nicht wählen, er bleibe in der Mitte. Und Hindenburg sei für ihn halt einer vom Militär.
»Dann hältst du den«, und Lili tippte auf das Bild, »auch für einen hellen Mann?«
»Unbedingt, denn dumm ist der jedenfalls nicht.«
»Ich meine es doch anders. Und du tust so, als ob du es nicht merkst.«

»Weißt, Lili, helle Menschen gibt es nicht. Oder mußt du dir nach deiner Arbeit nicht die Hände waschen? Also wird jeder schmutzig. Auch innen hat jeder etwas Dunkles. Denk bloß an die G'schicht mit deinem Süskindt.«
»Also gibt es keinen ›Wappenmaler‹?«
»Nein. Und der da macht sich auch die Hände schmutzig. Übrigens hast du recht: Der ist der einzige, bei dem ich wenigstens mitfühlen kann.« Und er zeigte auf die Photographie in der illustrierten Zeitung.

Aber das war schlecht gesagt. Du hast sagen wollen, dieser Mann habe etwas Ähnliches wie du gemerkt; das mit dem großen Haufen nämlich, dem niemand ausweichen kann; so stellst du ihn dir nach dem Bild wenigstens vor...
Vielleicht nahm sich der Doktor Brüning zu fest in die Hand, und die anderen dachten von ihm, das sei ein Strenger, und er könne halt nicht herzhaft sein; keinen Witz machen, oder so... Und reden wie ein Kutscher kann der auch nicht, nur daß dir das halt gerade gefällt. Oben muß einer sitzen oder stehen, von dem du denkst, daß er mehr durchschaut als der Kutscher Kandel; und einer, der's vom Rednerpult herunterdröhnen und heruntertriefen läßt, der ist dir widerwärtig. . .Und wahrscheinlich war's ganz bedeutungslos, was einer sagte, auch wenn er alles so voraussah, wie es kam. Es half und nützte nichts, weil die Zeit anders lief. Am Ende war sogar so etwas wie ein tadelloser Mann (Lili sagte: ›ein heller‹), heute am falschen Platz, und viele wollten einen andern haben. Oder war vielleicht die Zeit des Königs nicht auch unerbittlich oder lautlos und so vorbeigegangen, daß es einer wie der Kutscher Kandel gar nicht gemerkt hatte? Da siehst du also wieder einmal, daß du überhaupt nichts sagen kannst. Und ob der Doktor Brüning etwas sagen konnte?
Es kommt dir vor, als ob du Nebel abwiegen wolltest. Und vielleicht kommt's dem Doktor Brüning auch so vor.

Nachdenken hatte also keinen Wert. Und wenn du alles nur abwarten kannst, fühlst du dich wie gelähmt... Er wußte, was er wollte und was ihm richtig schien, nur hatte er halt das Gefühl, als ob die andern alle das Gegenteil wüßten; und als ob diese anderen mehr wären als die, zu denen er gehörte, er, der nur noch Hochzeitsfahrten machte oder einmal eine Studentengruppe zum Schloß Solitude hinausfuhr; aber was waren doch diese Studenten für widerliche Burschen. Wenn dir's gelänge, nicht mehr hinzuhören, aber die sind halt so laut; und auch noch heut, mitten im Mai... Für diese war also der Kanzler ein finsterer Jesuit, ein Schwarzer, doch einmal kam schon einer und putzte den da weg, haha; und dann erst begann Deutschlands große Zeit.

Als sie ausgestiegen waren, verlangte Kandel von jedem zehn Mark. Und sie bezahlten bis auf einen, der vor der Freitreppe des Schlosses, dessen schiefergedeckte Kuppel glänzte, zu Kandel sagte, das sei ein unverschämter Preis; worauf der Kutscher ihn daran erinnerte, daß der Herr in einem Luxusfahrzeug herausgefahren worden sei; und wenn er einen andern wisse, der's billiger mache, so solle es ihm recht sein; vom Alten Postplatz die Hasenbergsteige herauffahren müssen und auch noch mit so schweren Herren (ihn nicht mitgerechnet), sei es für einen alten Gaul kein Schleckhafen, das könne man ihm glauben; ein zweites Mal lasse er sich darauf nicht mehr ein, das jedenfalls.

Er wunderte sich, daß er mit den Studentenbuben wie geschmiert reden konnte, legte die Geldscheine in seine abgewetzte Brieftasche und setzte sich zum Mittagessen ins Schloßrestaurant, drüben im Kavaliersflügel, wo Hirschgeweihe an den Wänden sich verzweigten und im Gang die Photographie einer Jagdgesellschaft hing, unter der vorne in der Mitte der König stand und sich von allen andern Herren nur durch seinen grauen Spitzbart unterschied; sonst aber – das Jagdhabit, der Hut mit Rebhuhnfeder, das umgehängte Gewehr – sah er wie ein Oberförster aus. Und Kandel ging nach der Suppe, zu der er sich ein Viertele Großheppacher hatte bringen lassen, vor die Tür, um Hansel den Hals zu klopfen und ihm einen frischen Beutel Hafer umzuhängen; denn der sollte ausruhen.

Das Essen schmeckte ihm; er schlenderte hernach ums Schloß. Die verwilderten Gärtchen hinterm Kavaliersflügel gefielen ihm. Und dann in der nachmittagsseidigen Luft durch die Allee zurückfahren, den Wald nahe haben und hinaufschauen nach den Blätterwölbungen, die bewegt wurden: Dies war ihm recht. Es kommt dir zu, du kannst es dir gefallen lassen... Und Kandel dachte an seinen Großneffen, diesen Erich, der jetzt in Tübingen Jura studierte und bei einer Oberlehrerswitwe wohnte. Sein Vater wollte, daß er einer Verbindung beitrete, doch war ihm das wie Spitzgras; was gingen ihn die anderen Studenten an, von denen er sowieso viele kennenlernte, mehr als er sich wünschte; da mußte er doch nicht auch noch mit denen in einem Verbindungshaus zusammenhocken.

Kandel fuhr nach Tübingen, um Erich zu besuchen, und ging durch die Stadt, die sich altertümlich wie in versunkenen Jahren zeigte. Junge Leute hatten braune Hemden an; andere trugen grüne und weiße Schildmützen, auch blaue glaubte er zu sehen, und ein paar hatten am Hinterkopf bestickte Käppchen wie alte Männer oder Mönche; denen fehlten nur die Kutten oder die Schlafröcke; und daß keiner eine lange Pfeife bei sich hatte, das vermißte Kandel. Immerhin Musensöhne... dachte er, und wieder einmal mischte es sich durcheinander, als ob eines vom anderen abhängig wäre oder mit ihm zusammenhinge von weither und seit langer Zeit.

Am Rathaus waren Malereien fast verblichen, und eine Kanzel ragte mit altgoldenem Dach heraus. Kandel ging nach links und dann in einer Gasse, wo Häuser überhingen und das Pflaster so holprig war, wie sich's für eine alte Stadt gehörte, Giebel sich ineinander schoben und er meinte, hier werde er den Wappenmaler wiedersehen, vielleicht hinter der nächsten Ecke; oder er käme dort durch diese grüngestrichene Türe heraus, vor der Bodenplatten zwischen einem Gärtchen eingetreten und schon halb eingesunken waren, wie bald alles versinken würde. Nein, noch nicht so bald... Und Kandel hoffte, der Wappenmaler werde ihn in enge Höfe führen, wo hinter einem Bretterverschlag etwas Unerwartetes bereitstand, also vielleicht eine Kutsche mit aufgeplatztem Polster, aus dem eine Wegwarte wuchs. Er sah die Blume, eine, die sich festgewurzelt hatte, nachdem sie vom Fräulein von Leutrum vergessen worden war; nur gab's das leider nicht, außer es wäre Erde ins Polster gerieselt und Samen wären hineingeweht worden... Und wieder malte er sich etwas wie als Bub aus, als er auf der Wiese hinter der Maurener Geruhstatt bei Münchingen gelegen war. Und er stellte sich vor, wie's wäre, wenn ihm die Tochter seiner Franziska Leutrum entgegenkäme, die vielleicht hier studierte und mit Erich Zaininger befreundet war.

Da machst du also in Gedanken einen Neunzehnjährigen zum Wappenmaler. Sag, spinnst du eigentlich? Und Kandel bog bei einem Staketenzaun nach rechts, wo Häuser standen, die vor fünfzig Jahren neu gewesen waren (also immerhin in deinen Jugendtagen); fand hinterm Brücklein über die Ammer, wo die Gartenwirtschaft mit den Fliederbüschen stand und ›Zur Seegerei‹ hieß, die Straße mit dem Bäckerladen, von dem ihm Erich auch geschrieben hatte; bis zum Haus Nummer fünfunddreißig war's dann nicht mehr weit.

Erich wohnte vor der Glastür; er hatte eine Visitenkarte an seiner Tür festgemacht und war weitab von allen anderen Studenten. Du hast es dir schlau eingerichtet, und mir gefällt's... Aus dem Zimmer gegenüber Klang Gesang

und Lautenspiel, und Kandel wußte, daß dort ein Schwede wohnte. Also alles recht altmodisch. Und er klopfte.
Erich war nicht da, die Türe angelehnt. Und er ging hinein.
Da stand der braune Schreibtisch des verstorbenen Herrn Oberlehrers und hatte zwischen den Schubladen zwei Fächer, in denen rote Gesetzbücher von Mörikes Werken in die Ecke gedrängt wurden. Davor war ein Buch aufgeschlagen, in das er mit kleiner Schrift gekritzelt hatte, und neben dem der Federhalter lag; daß er's so offen liegenließ, weil er g'schwind weggegangen war und nicht dran dachte, daß inzwischen jemand kommen und alles lesen werde, seine geheimen Bekenntnisse... Halt arg naiv, und das war gut, denn ohne das Naive... Er war halt einer, dem's nicht paßte, daß er sich anders machen sollte als er war. Und warum hätte er das auch tun sollen? Na also... Und Kandel sah sich um, sah eine Waschkommode in der Ecke beim Fenster neben zugezogenen Vorhängen und vor den andern Fenstern einen Garten, dessen Blätterspitzen heraufreichten. Dahinter Häuser, drüben braune Dächer, immer mehr und eins neben dem andern. Dann der Schloßberg mit dem Schloß, das sich lang streckte und gedrungen dalag, halt so, wie man es früher gehabt hatte und wie es jetzt noch hervorragte, fast als etwas Seltenes.
»So, Onkel August... Gelt, du ißt gern Apfelkuchen?«
Er stand in der Tür und hielt einen Pappeteller, vollgehäuft mit Kuchen, auf der flachen Hand; und er erzählte, wie er den Onkel August durchs Fenster des Bäckermeisters Schlauch gesehen hatte: »Gut hast du ausgesehen... Weißt du, ich bin stolz, daß ich mit dir verwandt bin. So einen Onkel hat nicht jeder.« Und sie lachten, als Erich sagte: »Ha jo... Du mit dei'm graue Bart... Und dann gehst immer so, als wärst weit weg. In Gedanken halt... Du, das hab ich von dir... Und jetzt muß ich nochmal verschwinden.«

Er kam dann mit einem Kaffeetablett. Sie setzten sich ums Tischchen, das wackelig war. Die Stühle waren hart, weshalb sich Kandel in den Lehnstuhl am Fenster setzte, der mehr ein Gestell als ein Stuhl war, ein verstellbares Gestell mit einem Teppich, doch saß er dann bequem darin, obwohl diese Art Stühle ungefähr um neunzehnhundertfünf modern gewesen waren.

Das Kaffeeservice stand auf dem Schreibtisch. Erich sagte: »Du, gestern bin ich um fünfe auf den Berg dort drobe gange.« Er deutete hinter sich, wo der verschnörkelte Gußeisen-Ofen sein Rohr in die Wand steckte; leider sei die Sonne ein bißle wolkenverschmiert gewesen, doch habe ihm's trotzdem gefallen.

Später begleitete Kandel seinen Neffen in die Neue Aula. Sie gingen am Botanischen Garten vorbei, und Kandel sagte: »Man merkt, daß hier Leut wohnen, die nachdenken. Weißt du, es ist schon eine andere Luft.« – »Vielleicht für dich, als Fremden. Oder hast du keinen in einer braunen Uniform gesehen? Die denken nämlich nicht besonders viel.« – »Solche wie dich gibt's aber doch auch noch?« – »Ja, schon, aber wir sind zu wenig. Es gleicht sich nicht mehr aus.« Und nach einer Weile fügte er hinzu: »Studieren wir also mal die Rechtswissenschaft, wie es der Vater will. Schaden kann sie mir ja nichts.« Und er schaute auf die Seite, und Kandel dachte, der habe etwas anderes im Sinn.

Du weißt, wie's ihm zu Mut ist; oder stellst es dir wenigstens vor. Aber die Sache mit dieser Juristerei war doch nichts anderes als ungeschickt. Niemals wurde Erich Zaininger ein Amtsgerichtsrat. Allein schon deshalb nicht, weil er bloß in sich selber hineinschauen wollte, während er nach außen hätte gucken sollen. Für die Paragraphen fand er in sich keinen Platz, weil dort alles mit anderem vollgestopft war.

Bilde dir nicht ein, du könntest ihn durchschauen. Übrigens schaut sich der die andern selber an... Und als Erich

in den Ferien wieder einmal bei ihm in der Alleenstraße war, sagte er zu ihm: »So genau sollst du nicht hingucken, sonst willst du mit den Leuten bald nichts mehr zu schaffen haben. Das geht halt nicht. Jeder gehört doch dazu. Freilich, um mein Geschwätz brauchst du dich nicht zu kümmern. Ich bin bloß alt.«
Kandel ließ sich erzählen, wie die Studenten heute waren. Eigentlich alle gleich. Sie schimpften auf die Regierung und besonders auf den Brüning. Weißt du, mir kommt's vor, als ob es unter denen bloß noch solche gäbe, die sich freuen, wenn sie parieren müssen.«
Erich tat nach außen so, als wäre er mit den anderen einverstanden. Nein, das war auch falsch. Aber er sagte denen, was er dachte, allerdings auf kühle Weise, denn die waren ihm widerlich. Also war der schüchtern und hochmütig. Weil er Angst hatte, schützte er sich mit Hochmut, und Kandel wußte das aus eigener Erfahrung. Auch gleichgültig war der und dachte: auf mich kommt es nicht an... Ein junger Mensch aber sollte manchmal ein bißchen schlampern, herumschnuppern... Und Kandel sah in Tübingen seinen Großneffen (welch ein Wort) neben der Ammer gehen, einem Bach, wo ein Türmchen in einem Garten stand; darin hätte er gern gewohnt. Und dann ging er einmal morgens um fünf zu einem Aussichtsturm und und schaute sich die Sonne an. – »Die hat sich aber ein bißle wolkenverschmiert gezeigt. Oder hab ich dir das schon erzählt? Weißt, Onkel August, für mich ist es jetzt wunderbar, daß ich weggehen kann, wann es mir paßt. Morgens um fünf hätte ich mich daheim nie fortstehlen können.« Manchmal wurde er rot, und Kandel schaute weg. Mit Mädchen hatte der noch nichts, weil die Burschen, mit denen er zusammenkam, immer bloß grob über Mädchen sprachen. Und immer noch wollte Zaininger, daß sein Bub in eine Verbindung eintrete; und er sagte: »Sonst wird der a Eigenbrötler.«

Das brauchte er nicht zu werden, das war er schon. Aber ein liebenswerter Eigenbrötler, dachte Kandel und erinnerte sich, daß Erich noch als Schüler zu ihm gesagt hatte, am liebsten würde er Ballonfahrer, bloß brauche man halt leider solche nicht mehr; der wär gern in einer Montgolfière mit Verzierungen auf dem Ballon, solchen altmodischen, emporgesegelt. Und Erich fügte hinzu: »Aber auch Meteorologe wär net schlecht.« Schließlich hatte er Apotheker werden wollen. Und du hast damals zu ihm g'sagt: »Ja, ich weiß schon, warum. Weil Apotheken immer in solch schönen alten Häusern sind.« Und er hätte in Feuerbach als Lehrling anfangen können, hatte sich dann aber zur Juristerei gezwungen (um von dem Pfarrer ganz zu schweigen). Wenn also der kein Eigenbrötler war... Und er hörte Erich von einem Studenten erzählen: »Solch ein Bleicher, weißt du. Und er schiebt den Unterkiefer vor, und wenn er keine braune Uniform anhat, dann setzt er eine Datschkapp' auf, so eine blaue Schirmmütz, und die zieht er in die Stirn herunter, weil er meint, dann dächten die Arbeiter: der ist einer von uns... Und wenn ich in einer Verbindung drin bin, muß ich mich von einem solchen herumkommandieren lassen. Das ist mir viel zu ungemütlich.«
Kandel glaubte es ihm gerne und sagte: »Aber weißt, ohne Ungemütliches wirst nie durchkommen.« – »Da muß ich dir recht geben... Wenigstens wohne ich weit draußen. Dort kommt nicht so leicht einer hin... Und ich kann sagen, daß ich wenig Zeit hab, weil ich meine Paragraphen lernen muß... Scheußlich ist bloß, daß ich keinen finde, der den Brüning für einen achtenswerten Mann hält. Die machen dich richtig fertig, wenn du den verteidigst. Denen gefallen doch bloß Uniformen. So ein eleganter Zivilanzug aber... Wenn ich an später denk', und daß ich da halt auch einmal so leben muß, als Macht-Anwalt, denn Rechts-Anwälte gibt es später keine mehr... dann graut's mir halt. Einen aber kenne und beneide ich: den Kutscher August Kandel. Weil

der sich heraushalten kann und sich früher auch herausgehalten hat.«

Du schaust in ein Leben hinein, das anfängt, und es wärmt dich. Erich beneiden oder mitmachen bei dem, was der mitmachen muß, das willst du freilich nicht... Sich erzählen lassen, den Erich in die ›Kiste‹ einladen und mit ihm ein Viertele trinken, eine Laugenbrezel in der Hand zerbrechen, das war immer noch das richtige. Und sich ein bißchen darüber moquieren, daß er selbst schon lang nicht mehr dazugehörte und froh war, sozusagen ausrangiert zu sein, das tat dem Kutscher Kandel richtig wohl. Du merkst, daß du eigentlich immer darauf hingelebt hast, ein alter Mann zu werden, denn das Gefühl: es geht dich nix mehr an... ist dir gemäß.

Erich zeigte ihm Gedichte eines längst Verstorbenen (er hieß aber nicht Mörike), und es war komisch, daß ein Neunzehnjähriger solche Verse gerne hatte: »Wer einsam ist, der hat es gut,/Weil Keiner da, der ihm was tut.« Der Bub sagte, das sei ihm am liebsten, denn einer, der so etwas schreibe, wisse halt Bescheid. Oder er brachte seltsame Gedichte mit, die auf dickes Papier gedruckt waren, wie man es für Todesanzeigen oder Hochzeitseinladungen brauchte, alle mit kleinen Buchstaben; die muteten Kandel beim Lesen fast gespenstisch an; aber wahrscheinlich auch großartig oder kurios wie ein Marmorkopf aus der Vorkriegszeit.

Kandel sagte: »Das muß doch teuer sein: Mit dem feinen Papier und so... Und vorne ist der Mann drin, der all das gemacht hat. Der mit seinem dicken Haar. Als Heliogravüre, saperlot.«

»Ja, billig ist es nicht gewesen, aber für mich kostet's weniger. Ich hab da meine Beziehungen, weißt du.« – »Kennst du einen Geschäftsmann? Sag, wie hast denn das gemacht?« Und Erich erzählte, es sei sozusagen leicht gegangen, weil er doch jetzt mit der Buchhändlerlehre fertig werde. »Die will ich abschließen, weißt du.«

»Was, du hast Buchhändler g'lernt?«

»Ja, nebenher. Beim Heckenhauer in Tübingen; aber der Vater darf nichts davon wissen. Mit der Juristerei. . .Also, das geht bei mir nicht. Dafür bin ich zu dumm. Mit irgend etwas muß der Mensch sein Geld verdienen; das weiß sogar ich.« Wieder einmal lächelte er und sah beiseite. Kandel dachte, er habe schon lange drauf gewartet, daß sich der mal sperrig zeige, und hörte, Erich wolle »auf den Antiquarius hinaus«. In der Politik geschehe bald etwas, vor dem er sich fürchte. »Und dann mußt du was haben, wo du unterkriechen kannst. Oder meinst du, ich wolle später jemand, wenn nicht zum Tode verurteilen, so doch ans Messer liefern? Dafür bin ich, wie g'sagt, zu dumm. Oder als Rechtsanwalt bloß zuschauen und alles laufen lassen müssen, weil du niemand helfen kannst? Neinnein. Einer wie ich, der weicht bloß aus. Zu mehr reicht's bei ihm nicht.«

Er sah ihn an, und Erich kam ihm älter vor, als er ihn in der Erinnerung hatte. Und bloß ein bißchen Trost zusprechen, das genügte Kandel nicht; aber was hätte er denn anderes tun sollen? Und er stellte sich vor, was Erichs Vater dazu sagen würde, also vielleicht: »August, davon verstehst du nichts. Dafür bist du zu alt.« Wer jung war, mußte so etwas durchmachen und ausbaden, ein Alter aber stand zu weit abseits. Der Zaininger war von ihm weiter weg als dieser Erich, mit dem er sich seltsamerweise gut verstand. Wenn du aber mit Zaininger über so etwas wie Politik gesprochen hättest, dann wäre das nur dumm von dir gewesen. Und was Erich jetzt getan hatte (dieser heimliche Berufswechsel), das hing nur mit der Politik zusammen, die alles bestimmte.

Der Bub wich seinem Vater aus. Vielleicht war's klug oder gescheit, aber trotzdem nicht ganz das Richtige. . . Doch, es war schlau von ihm. Freilich, der spürte immer nur Beklemmung, wenn er mit andern zusammen war, und das wirkte sich dann für ihn schlecht aus. Der konnte sich nicht recht entwickeln, vielleicht, weil er anständig war. Anstand haben aber war sehr schlecht, wenn die Mehrzahl das Unanständige gern hatte. Und einer, der nicht mit Schmutz rechnete, der war verloren, rutschte weg und wurde verschluckt; also auch Erich, falls er nicht bald merkte, wie es wirklich zuging.

Die meisten glaubten, daß sie etwas ändern könnten, während sie in Wirklichkeit nur selbst verändert worden waren. Paß auf, daß du dich nicht auch noch verändern oder gar zu etwas zwingen läßt, als wärest du der minderjährige Sohn eines starken Vaters. Denn was sich jetzt auswirkte, das war die Gewalt.

Dritter Teil

Jetzt starb sein Gaul. Hansel war morgens tot und bereits starr; er lag zusammengekrümmt auf der Strohschütte, als ob er schliefe. Kandel mußte den Abdecker holen. Dabei merkte er, daß es jetzt wieder einen andern Kanzler gab, und dessen Namen würde er wohl nie vergessen; er stand auf den Zeitungen, die vor Kiosken in trockener Kälte hingen, denn wegschauen nützte nichts; mitansehen freilich auch nicht. Nichts nützte irgend etwas, vielleicht weil in der Stadt bald viele Fahnen heraushingen und einer mit einer Lederkappe und im abgewetzten Kittel vor der Stiftskirche die Fäuste ballte und »Oh!« zu den Fahnen hinaufschrie, als ihn eine junge Frau am Ärmel zupfte und »Pscht!« sagte.

In Münchingen begrüßte ihn Zaininger und strahlte; der freute sich jetzt über die ›Machtübernahme‹ oder über diesen ›Umbruch‹, wie es in der Zeitung hieß. Jetzt sei endlich einmal etwas anders g'worden, und diese wachsweichen Demokraten... Er machte eine wegwischende Handbewegung. Kandel fragte: »Hast einmal mit dem Doktor Römer drüber g'schwätzt?« und erfuhr: »Ach, der... sieht doch schwarz. A feiner Kerle ist er aber trotzdem, da hast recht. Der ist ja auch schon über sechzig.« Und Kandel meinte, daß Zaininger an diesem Umbruch so etwas wie ›die frische Luft‹ gefalle, weil er glaubte, jetzt wehe frischer Wind. In Deutschland wurde wieder einmal viel geglaubt, und Zaininger sprach vom ›herzhaften Zug der neuen Zeit‹, strahlte und hob sein Viertele.

Später kam Erich von Tübingen zurück und sagte, jetzt werde er Kutscher, denn auch als Buchhändler sei er am falschen Platz; jedenfalls bringe ihn niemand mehr auf eine Universität. Und Kandel fragte: »Hast's schon deinem Vater g'sagt?« – »Nein.«

Das mit dem Kutscher aber war ebenso unverständlich wie das mit dem Rechtsanwalt; jedenfalls sollte einer niemals Rechtsanwalt werden wollen, der viel Zeit für sich selber brauchte. Weshalb Kutscher für ihn nicht schlecht gewesen wäre, nur ließ sich das heut kaum noch machen. Oder sollte er's trotzdem probieren? Eigentlich brauchte er nur einen Gaul, denn Kandels Kutsche hätte noch genügt. Also kaufst du dir ein Pferd und sorgst für den Nachwuchs deines Handwerks, indem du deinen Neffen einlernst... Was für einen wie August Kandel eine schöne Aufgabe gewesen wäre, wenn er sie nicht von Anfang an nur für ein Luftgespinst gehalten hätte; was sie zweifellos war und was auch Erich einsah, obwohl der...

Für den war jetzt alles bloß lächerlich oder verachtenswert. Die Menschen erschienen ihm als mieser Haufen, der sich von jedem Gauner in die Richtung treiben ließ, wohin der Gauner wollte. – »Vielleicht gehören wir alle bloß zu Gottes Darmflora«, sagte er, doch verstand ihn Kandel nicht. Da meinte der wahrscheinlich, daß alle Menschen so bedeutungslos wie Bakterien seien, und das war also ein höhnisches Wort.

»Aber deine Mutter weiß, daß du in Tübingen beim Hekkenhauer den Buchhandel g'lernt hast?« fragte er, und Erich sagte: »Nein, noch nicht. Das hab ich mir als Überraschung aufgehoben.« Und er fragte Kandel, ob er jetzt mit ihm nach Münchingen hinausfahren wolle, dann könne er dabeisein, wenn er seinen Eltern diese Überraschung sozusagen unterbreite.

Sich fremd fühlen. Auch du hast dich unter den andern fremd gefühlt, dachte Kandel, als er neben Erich im Zug saß und den Buben anschaute, der jetzt zwanzig Jahre alt geworden war. Um die Lippen hatte er einen scharfen Zug bekommen; er lächelte und sah abwesend aus.

Es war ein klarer Tag im Frühling. Erich schaute aus dem Waggonfenster: »Alles friedlich und geordnet und idyllisch.

Die Obstbäume und die Hügel... Wenn das ein Fremder sieht, meint er, so sei's auch in den Leuten.« Und er lachte.
In Münchingen begrüßte er seine Eltern wie ein braver Sohn. Lili hatte eine Träubleskuchen gebacken, und es war ein Samstagnachmittag. Als sie beim Kaffee saßen, sagte Erich, immer sei alles nebeneinander da: Diese ›Revolution‹ oder wie man's heißen wolle, und solch ein Träubleskuchen. – »Dann freut's dich also, daß du deine Füß wieder einmal bei deinen Eltern unter den Tisch strecken darfst?« fragte Zaininger, und Erich sagte: »Ja.« Der Vater strahlte.
Dann sagte Erich: »Du, ich will nicht mehr studieren.«
»Ja, waas? Und was willst du dann machen?«
»Nichts... Und mir ist's ernst.«
Zaininger lehnte sich zurück, daß die Stuhllehne krachte, und sagte: »Dann steck' ich dich in eine Buchhandlung«, was in Kandels Ohren zwar grob klang, aber verdenken konnte er's ihm nicht. Erich sagte: »Und eigentlich hat er ja recht... Und du wirst lachen, Vater, aber ich geh' gern in eine Buchhandlung. Hast schon etwas für mich in Aussicht?« – »Vielleicht beim Erpf. Dort hast du dir doch immer deine Reclam-Heftchen 'kauft.« – »Wunderbar.«
Vernünftig von dem Buben, daß er sich nicht auf einen Streit mit seinem Vater einließ und nur sagte: »Ich möcht bloß eine Bude in der Stadt. Weißt du mir keine, Onkel August?« Und dann erzählte er, daß er zwei Jahre lang beim Heckenhauer in Tübingen gelernt habe, ja, neben seinem Studium: »Das ist meine Grundlage, und da staunst, gelt Vater?«

Kandel fand für Erich in der Weberstraße, nicht weit vom Schellentürmle, eine Dachstube, die dem Schuhmacher Luik gehörte, hoch oben im Juhe, also droben auf der Bühne, wo's nicht weit zum Abtritt war und des Schuhmachers alte Möbel standen.
An einem Sommerabend stieg Kandel zu ihm hinauf und

sah, wie Erich die Luik'schen Möbel zurechtrückte, einwachste und polierte. – »Gut, daß der Luik ein alter Sozi ist und sich ärgert, wenn er SA-Stiefel machen muß«, sagte Erich. Jetzt verstand er schon etwas vom Nußbaumfurnier, und daß ein Sekretär von 1827 etwas ganz besonders Feines war; und daß der Luik vom ›alten Krust‹ sprach und sagte, einen jungen Menschen, der solch einen alten Krempel gerne habe, den könne er nicht verstehen, das war dem Buben dann bloß recht. – »I muß jetzt nix meeh denka müaßa«, sagte er zu Kandel und hob den Zeigefinger: »Feine Sach'!« Und jetzt war er auch Antiquarius; weil doch halt bloß das Alte schön war, zum Beispiel diese Türklinke vom Abtritt beim Schuhmachermeister Luik, ein wackliges und am Griff porzellanenes Stück, wunderbar schnörkelig, wie man's in Kandels Jugend gemocht hatte.
Der Abend in der Altstadt: »Nichts Besseres als das«, sagte der Bub. Jetzt kam er abends aus dem Antiquariat von Weises Hofbuchhandlung in seine Bude und sah auf altersbraune Dächer. – »Und froh bin ich, daß ich die feinen Damen los bin, wenn ich heimkomm«, sagte er und schilderte eine Schriftstellersgattin, die ihm schneidig vorgekommen war. Wenn die hinaufstieg in das Antiquariat, vorbei an der Lithographie des Königs Wilhelm im Uniformmantel, dann knisterten nicht nur sämtliche Treppenstufen, sondern auch noch ihre Achselhöhlen, Ellenbogen, ja, so gut wie alles und noch anderes dazu; und nicht nur sommers, wenn sie nackte Arme hatte; und vor einer solchen liefe er am liebsten bis nach Zuffenhausen, obwohl er den Kopf senke, gefällig herumflitze, ihr teure Bücher bringe, eigentlich immer nur Erotika.

Kandel sah dem Buben zu und es gefiel ihm, wie der lebte. Da spann sich also dieser Erich ein. Die Antiquariatsbuchhändlerstube war ein sicherer Winkel, wohin der ›Ton des hiesigen Zeitalters‹, wie er sich ausdrückte, selten durchdrang, wahrscheinlich, weil Marschstiefel meistens drüben in der Königstraße trappten und die Fürstenstraße von solchem ›Ziefer‹ gemieden wurde. Aber Erich bildete sich dies vielleicht nur ein, und Kandel überlegte, ob der nicht merke, was unten geredet werde, also im Laden bei den neuen Büchern; denn dort sagte oft eine ältere Frau, dieses und jenes Buch sei jetzt nicht mehr ›erwünscht‹ und gehöre in den ›Giftschrank‹, was Kandel nur im Vorbeigehen hörte, wenn er zu Erich hinaufging.

Der saß dann neben einemFenster mit rundem Bogen unterm Dach und schrieb Rechnungen, füllte Karteikarten aus. – »Ich muß ein Handwerk lernen«, sagte er und ließ ein Lächeln sehen, das festzusitzen schien; immerhin war's besser, wenn sich Lächeln im Gesicht einnistete als etwas Schmähliches. Und Kandel, der sich, seit sein Gaul umgestanden war, sorgfältiger als früher anzog, sommers ab und an in hellgrauem Flanell ging und den Bart täglich stutzte, weil es ihm schien, als ob die Eleganz vom Trottoir verschwände und sich mählich nur Uniformiertes zeige, wartete darauf, daß Erich von der Luftveränderung nicht nur geärgert werde; denn zunächst tat er, als ob er diese übersähe. Er hatte ja nur mit Altem zu tun, was günstig war. Und gut, daß er die Buchhändlerlehre in der demokratischen Zeit hinter sich gebracht hatte, denn jetzt hätte er alles anders lernen müssen. Erich sagte, denen gelänge es nie, ihn umzuschulen, und er müsse deshalb seine wahre Meinung in den Hinterkopf verschieben. – »Hehlinge kann i vielleicht doch so bleibe wia i bin«, verriet er Kandel.

Traf Kandel mit Lili zusammen, so fragte sie ihn öfters: »Und was sagst jetzt zum Erich?« Kandel redete sich vorsichtig heraus: »Mir kommt's so vor, als mache er die Arbeit, wie es sich gehört.« – »Ja, schon. . . aber, wenn er halt gar nirgends dabei ist? Alle andern haben doch die braunen Blusen an.« – »Auch nicht immer. Samstags oder sonntags halt. Und wenn's denen gefällt. . .« – »Ihm gefällt's nicht, und mir gefällt es auch nicht. Aber ich bin auch schon alt.« – »Dann meinst du, daß ein Junger sich nicht heraushalten soll? Und besonders einer wie der Erich nicht? Du siehst ihn vollends ganz zum Eigenbrötler werden? Aber das ist gut. Der soll bleiben wie er ist.« – »Und was ist, wenn ihn später keiner nimmt, weil er nirgends dabei ist?«

Also ging es ums Dabeisein, ums Mitmachen, und Lili hatte Angst um ihren Sohn. Den Anschluß nicht verpassen... Aber wer wußte, ob nicht bald wieder ein andrer Zug der Zeit in umgekehrter Richtung fuhr? Nein, das gab's nicht mehr. Dieser Zug lief in der neuen Richtung weiter, weil's den Leuten so gefiel.

»Sind Sie dabei?« – »Ja, ich bin dabei«, so hörte Kandel oft in den Wirtschaften, und manche lachten oder fügten noch hinzu: »Ha jo, der Schwindel... Und der Druck von oben.« Sie rieben sich die Stirnen, und Kandel kam's wie eine Hitzewelle vor. Auch du bist feige, dachte er, weil er sich bei jedem Gespräch in acht nahm, nur meinte er zu spüren, daß ihn jetzt sein Alter schütze. Keiner verlangte mehr etwas von ihm, weil sie dachten, Kandel sei so weit, daß er jetzt nur noch die Hand aufzumachen brauche, um etwas zu bekommen; doch wenn er damals nicht Glück gehabt hätte mit dem Höfinger Bauernhof, dann wäre es jetzt mühselig für ihn gewesen. Freilich, von einem Siebziger wurde nicht mehr erwartet, daß er sozusagen kämpfte, aber von einem Zwanzigjährigen; ja, von dem schon.

Heute schien ›kämpfen‹ ungefähr so viel zu sein wie herumstehen auf einem Platz, lange Reden anhören, schreien und singen; oder in Wirtshäusern sitzen, wo ›Dienst gemacht‹ wurde, denn Dienst war Dienst und Schnaps war Schnaps, was, scheint's, für klug gehalten wurde, fast wie eine neue Weisheit. Auf jeden Fall zeigte sich diese neue Zeit rauh und verschwitzt und roch nach Bier. Das Innere aber schrie aus Zeitungen heraus und hieß: »Juden raus!« oder »Juda verrecke!«

Wenn du alles umdrehen könntest, wäre es dir recht. Der Erich, dieser Antiquarius, der hatte seine Bücher, seine Bude beim Schellentürmle und die Gedanken an Vergangenes und Altes, von dem er sagte, damals sei die Stadt noch unverletzt gewesen, ein wohnlicher Bezirk; denn jetzt sei sie doch angefressen worden, und wovon? »Freilich, es schichtet sich immer wieder alles um, kommt neu heraus und ist trotzdem das Alte. Und deshalb wird's uns net langweilig... Aber, gelt, Onkel August, jetzt ist eine schmierige Schicht aus dem Boden rausgekommen?«

»Jede Schicht ist schmierig, wenn sie jung ist.« »Soso... Aber die mutet mich halt gar nicht frisch an. Die stinkt doch wie verwest oder wie faulig.«

Darauf wußte Kandel nichts zu sagen. Schlecht für einen Jungen, wenn er so über die Zeit dachte, in der er leben mußte. Schließlich war es noch keinem gelungen, in einer anderen zu leben als in der, da er geboren worden war. Und Kandel hörte Erich »Juda verrecke« sagen, und daß ein solches Wort...»Also vor hundert Jahren hat es das jedenfalls nicht gegeben. Und wenn ich jetzt bei einem Mädchen denke: die gefällt dir, und sie sagt, der Hitler sei ›das Edelweiß‹, dann schaue ich halt weg und es ist bei mir aus.«

Auch dies war richtig. Für einen jungen Mann genügte halt kein alter Kutscher, dessen Gaul tot war. In deiner Jugend hat es diese Schwierigkeiten nicht gegeben; da hast du leicht einen gefunden, der mit dir einer Meinung war. Heute aber... Und sich einordnen, dabeisein, mitmachen: Vor dreißig Jahren hatten diese Wörter nicht verwest gerochen. Heute aber...

Immer wieder kam ihm dieses ›Heute aber‹ in den Sinn. Doch wenn etwas verwest roch, konnte man abwarten, bis es nicht mehr da war. Und weil heutzutage alles schneller gehen sollte (denn so meinten viele Leute), konnte man bloß hoffen, daß es bald wieder vorbei sei.

Erich gefiel Kandels Kutsche. Daß die Polster wie schrundig geworden waren und Staub darauf lag, das war nach seinem Sinn. Er blieb auch oft vor einer Weinbergmauer stehen, zeigte auf den grünen Schimmel der Sandsteine und sagte: »Wundervoll... Ich weiß auch nicht, warum. Aber das Alte tut mir wohl.«

Die Erinnerung... und daß heute auf einmal alles anders war, als ob es sich von einem Tag auf den andern verändert hätte. Unsinn, es ist schon lange dagewesen; unter der Bodendecke ist es dick gewachsen und hat sich durchgewühlt. Von einem Tag auf den andern bricht's herauf, und du bist jetzt unsicher, halt verschreckt. Auf Schwäbisch aber hieß das doch ›verschrocke‹.

Jedenfalls: Der Erich Antiquarius sollte eine Uniform anziehen, da half alles nichts; sein Vater wollte es halt so. Und Lili sagte wieder: »Wenn der immer bloß bei alten Büchern hockt und sagt, die andern seien alle grob und blöd, dann ist das nicht normal bei einem jungen Menschen. Das ist doch nichts für später... Wenn du heut nirgends dabeibist, nimmt dich keiner... So eine Uniform ist doch eine Lebensversicherung.«

Sonderbar, was jetzt auch Lili daherschwätzte. Jeder hatte Angst, und Lili wollte sich mit ihrem Zaininger nicht streiten, der in Münchingen braun kostümiert herumging; freilich nur, wenn er es mußte, denn eine Freude war es nicht für ihn. Da war er also Blockwart, ein niederer Amtswalter, der einen silbernen Winkel am Kragen hatte, und die SA-Leute sagten ›Angstwalter‹ zu ihm; im Kriege aber hatte er eine Kompagnie geführt. Nicht ganz befriedigend für einen wie den Alfred. – »Weißt du, die stumpfsinnigen Brüder mag er net, aber er muß ihnen gehorchen. Was das für trübe Kerle sind, das kannst dir nicht vorstellen. Mein Alfred muß das Sackhüpfen auf dem Sportplatz organisieren und dafür sorgen, daß genügend Bier da ist und eine

Würstlesbude...« Lili schlenkerte die Hand beiseite. »Ich glaub nicht, daß er das lang mitmacht.«
»Dem Erich aber, dem will er's zumuten?«
»Weil der jung ist. Und weil der an später denken lernen soll.«
»Wie gesagt: Wenn's später anders wird, dann ist der Erich fein heraus.«
»Ach, sag das nicht... Ich bin zwar auch ganz anders, aber so allmählich kommt's mir vor, als ob man halt trotzdem mitmachen müßt. So sein wie die andern... Ach, es ist ein schauderhafter Käs!«
Lili war in Ordnung, und ihr Zaininger war's auch. Du hast leicht reden, wenn du sagst: Aufs Sich-Heraushalten kommt's an... Mit dreiundsiebzig ist das keine Kunst. Und ob du dich da hineinmischen darfst, wenn die um ihren Sohn sich Sorgen machen, das ist eine heikle Frage. Trotzdem kannst du net 's Maul halte... Wenn er zu Erich gesagt hätte: Geh halt hinein in die SA und denk trotzdem das Gegenteil von dem, was dort verzapft wird, dann wäre das ein zweischneidiger Rat gewesen. Auf Schwäbisch hieß so etwas: hehlinge sein, also verlogen; hehlinge etwas andres denken, aber nach außen tun, als ob man einverstanden sei... Also, i weiß net recht... Und einem Jungen war's unmöglich, weshalb Kandel zu sich selber sagte: du kannst dem Buben gar nichts raten... Und wieder war er froh, schon alt zu sein.
Es war doch widerlich: Was außen geschah, erwies sich als ein böser, langweiliger und stumpfsinniger Unsinn. Nur in seiner Dachbude beim Schuhmacher Luik oder beim Kutscher Kandel konnte Erich der sein, der er war. Schuhmacher Luik sagte zu ihm: »Herr Zaininger, ich weiß doch, was Sie denken.« – »Ja! Trotzdem macht's mich halt kaputt; nicht ganz, aber ein bißchen. Und das langt schon... Ich kann mir nicht helfen, aber ich komme mir dreckig vor. Und ich tu's einfach nicht, was mein Vater von mir ver-

langt.« – »Ach, Herr Zaininger... dreckig sind wir alle«, sagte Luik. Auf der Straße wurde »Wenn das Judenblut vom Messer spritzt, / Dann geht's nochmal so gut« gesungen, und Erich sagte, er krümme sich, als läge er auf einem Schragen.

Den andern gefielen Uniformen und Ausmärsche; jetzt war man doch eng beieinander. Schlecht für ihn, daß er keinen Freund fand, mit dem er hätte schimpfen können. In der Buchhandlung hatte ein dicker Mann mit kräftigem Gebiß vom vergangenen Sonntag erzählt und ausgerufen: »Da hab ich eine Rede g'halten und nachher nimmer g'wußt, was ich gesagt hab. Aber es war herrlich!« Den hatte das Feuer seiner Begeisterung also gewissermaßen mitgerissen.

Sonntags fuhr Erich auf dem Rad ins Glemstal: »Das Gesicht der Heimat g'fällt mit trotzdem noch. Die Blätter im Wald sind von der alten Qualität; doch manchmal kommt's mir vor, als werde auch das Gras allmählich welk.« Von den Zeitungen sagte er, die würden jetzt zum Wegschauen gedruckt, und er freue sich nur noch, wenn er in der Sonne liege oder etwas lese, das unerwünscht oder verboten sei: »Den Thomas Mann darf ich noch verkaufen; aber den Schnitzler nicht; der ist verboten, weil er Jude ist oder einmal Jude war. Er ist doch vor zwei Jahren in Wien g'storben, lebt aber trotzdem noch. Ich freu mich, weil sich diese Schmierigen so an ihm ärgern.«

Er nannte alle anderen ›die Schmierigen‹. Das gefiel Kandel nicht. Wie schon oft dachte er, wer könne denn heraus aus seiner Zeit? Auch du kannst's nicht, und wenn du's kannst, dann bist du halt ein bißchen spinnig. Verstehst mich? sagte er bei sich, denn in Gedanken sprach er oft mit Erich.

Manchmal kam es auch Kandel vor, als werde der von Haß gekrümmt. Und, wie schon oft, fragte er Kandel, ob er noch etwas aus dem Jahre neunzehnhundertzehn wisse; er solle ihm doch einmal eine Straße in Wien schildern, denn dort seien bis heute diese ›Schmierigen‹ noch nicht. Und er schaute auf die Seite, wenn Kandel versuchte, das Licht unter den Bäumen der Ringstraße an einem hellen Junitag von neunzehnhundertzehn mit Worten heraufzuholen und sich zu erinnern, wie ›die Luft‹ gewesen war; denn Erich wollte etwas über ›die Luft‹ wissen, weil die Luft damals anders gewesen sei als heut; doch was er damit meinte, konnte Kandel nicht verstehen. Er erinnerte sich nur, eine bestimmte Zigarettensorte gern geraucht zu haben, aber wie sie geheißen hatte, das fiel ihm nicht mehr ein. »Eins wundert mich ja. Kannst du dir denken, was das ist?« Und als Kandel den Kopf schüttelte: »Daß sie die Juden nicht sofort abgeschossen haben, gleich Ende Januar. Ich warte immer drauf, daß es noch so weit kommt. Und, weißt du, was mir der Vater g'sagt hat? Die Zeit vor dem Weltkrieg sei eine dekadente Zeit gewesen. . .Aber seine Uniformen aus der dekadenten Zeit, die hängen immer noch im Schrank.«

Es mußte mit dem Buben anders werden. Lange konnte der nicht mehr so weitermachen. Der mußte einmal mit etwas zusammenkommen, das ihn durchleuchtete, gewissermaßen. So rieb er sich doch nur an Mauern und schürfte sich die Haut auf, denn umwerfen ließen sich die Mauern nicht.

Daß dieser Erich naiv war, half ihm vielleicht. Kandel dachte: jetzt weißt du wenigstens, was du im Alter tun mußt; auf einen jungen Mann aufpassen, damit er dir nicht abrutscht. Das war viel, und es war schwierig, doch kam's ihm bald so vor, als ob der Bub etwas gefunden hätte, aber was, das sagte er ihm nicht. Vielleicht den Stein der Weisen oder das Wasser des Lebens? In Märchen kam so etwas vor, es ereignete sich unvermittelt, und niemand hatte es erwartet. Vielleicht war es so etwas wie die alte Zeit, und Erich war in das Vergangene hineingekommen, wie einer, der ein Zimmer entdeckt hatte, das über hundert Jahre lang verschlossen gewesen war und von dem die ganze Zeit über niemand etwas gewußt hatte. Und Kandel lachte für sich, dachte: du hast dem Haberschlachter zu arg zugesprochen... und stellte seinen Wein beiseite. Erich aber sagte, heute sei der König an ihm vorbeigegangen, er habe Pferde trappeln hören, und der Vierröhrenbrunnen am Charlottenplatz sei unter Bäumen glitzernd lebendig gewesen: »Ein helles Wasser, das sich sehen lassen kann.« – »Ja, so etwas mußt du hören und anschauen«, sagte Kandel, und sie sprachen vom Hansel, seinem Gaul, der also jetzt auch tot war: »Ich hab damit rechnen müssen, daß es einmal passiert. Heuer aber hätte ich den Hansel noch gern eine Weile dagehabt.« Und er überlegte, weshalb's ihm bitter wurde, ohne seinen Gaul zu sein, und dachte, vielleicht bedeute es etwas, das er nicht wisse. Und wieder fragte ihn Erich nach Wien, und er hörte (in Gedanken) auf der Ringstraße balkanisch reden, erinnerte sich einer Tänzerin aus dem Ronacher, die erzählt hatte, daß sie ›ein Krakauer Würstchen‹ und, wenn sie nicht zu Hause sei, ihr Hund ihre Wäsche durchschnuppere ... doch waren dies keine salonfähigen Erinnerungen; er wollte sie Erich nicht erzählen, der ein Buch mit faksimilierten Zeichnungen dabeihatte, Bildern vom Constantinshügel, wo zwischen Hecken Herrschaften im Freien soupierten und einer ein Monokel trug, das spiegelte.

Der Bub ging jetzt gern in solchen Bildern herum und sagte: »Darin verflüchtige ich mich.« Kandel erzählte ihm vom Wappenmaler, und Erich sagte, den kenne er gut. Ob Onkel August Lust habe, ihm einmal zu begegnen? »Es läßt sich zwanglos arrangieren und wird gemütlich werden.«

So etwas schien für Erich Zaininger weder »außer der Weis'« noch ein Hexenwerk zu sein. Der Abend sei dafür am günstigsten, die richtige Wappenmaler-Zeit, und es werde klappen; auch eine Base werde dann dabeisein, übrigens eine verhältnismäßig junge.

Kandel verstand nicht, wie er's meinte, lachte aber und sagte: »Weißt, Erich, damals habe ich vom Leben als Kutscher genug gehabt und geglaubt, woanders sei es besser. Das war ein kritischer Moment. Aber die Lili, also deine Mutter, die hat mich dann wieder auf den Boden g'stellt. Da war ich nämlich eine Zeitlang sozusagen mit den Füßen in der Luft.«
Er bereute, was er gesagt hatte, denn der Bub mußte es als Zurechtweisung eines alten Mannes nehmen, aber danach sollte er sich niemals richten; denn heutzutage war doch alles anders. Der mußte als junger Mensch buckeln und sich krümmen; er suchte nach einem Ausweg, aber den gab's nur in der Phantasie, wo das im Nichts verschwundene Wien lag, in dem er sich verkriechen wollte. Und deshalb sagte Kandel: »Oh, das alte Wie... das ist schon was! Gut, daß es in den Büchern da ist. Und heute leben dort noch genug Leute, die es kennen.«
»Ich brauche halt ein Gegengewicht, weißt du«, sagte Erich.

Der machte sich also ganz klein und verschwand im alten Wien. Während er in der Buchhandlung hockte, aß er auf dem Constantinshügel zu Abend, das Monokel eingeklemmt; er war der Sohn eines Consuls, der in der Stiftsgasse Numero neun nicht weit von der Savoy'schen Ritterakademie wohnte und Reserveleutnant eines Ulanenregimentes war (übrigens im selben Ulanenregiment, dem als Oberst ad honores Erzherzog Rudolf angehörte); sonst tat er nichts, als sich für seine Empfindungen interessieren. Dann rief einer auf der Straße: »Halt!« »Stillgestanden!« oder »Weggetreten!« Erich aber war längst weggetreten und hatte den Schweiß- und Stiefeldunst, die Blähungen derer, die draußen marschiert waren, nicht gerochen. So erzählte er es Kandel und flüsterte ihm zu, wobei er nicht weit von der Leonhardskirche stehenblieb und sich umschaute: »Ich kenn die

Brüder von der Universität her. Immer wieder hat der oder jener zu mir gesagt, er sei in die NSDAP hineingetreten. Ja, hineingetreten, wie in einen Kuhfladen, anders kann ich das nicht sagen. Und, was glaubst, was passiert wär, wenn ich mich damals bei den Kommunisten hätt' einschreiben lassen?« – »Dann gingest du jetzt nicht mit mir über den Leonhardsplatz.«

Der sollte keine Dummheit machen. Nun, vorsichtig war er vielleicht schon, weil er von den andern weggehen konnte, ohne daß sie's merkten. Wichtig war für den, das Abendlicht zu sehen und wie's die Leonhardskirche braunrot machte, ihre Sandsteinfarbe noch vertiefte und das Moos der Dachziegel leuchten ließ.

»Wenn der Hitler gefangen und eingeliefert würde in ein Gehirnforschungsinstitut? Dort sollten sie ihm ohne Betäubung den Schädel aufmeißeln.«

»Aber, jetzt hör auf! Das ist ja grausig!« sagte Kandel.

»Immerhin diente Hitler dann der Wissenschaft.«

Vorstellungen, Phantasien, Wünsche... bedenklich war es vielleicht schon mit dem, nur sah er trotz allem gesund aus. Der war gebeizt von Sonne, weil er mit dem Rad oft auf Landstraßen fuhr, und für den wäre ein Bauernmädchen gut gewesen; oder eine Försterstochter, die von der Politik nichts wußte. Halt so a bißle was Gesundes... das tät' dem gut, weil ihn die ›Schmierigen‹ anwiderten; dabei waren das doch auch bloß gutmütige Kerle, die mitmachen mußten; oder sich einbildeten, daß sie es müßten, oder von den Eltern halt hineingeschoben worden waren, Eltern, die sich Sorgen machten; letzthin freilich war das feige, aber wenn die Lähmung sich ausbreitete, weil oben einer mit der Peitsche saß ... Ach was, die Leute wollten doch, daß einer sagte, was sie denken und tun mußten, denn selber wußten das nur wenige: Solch ein Eigenbrötler wie der Erich oder ein alter Mann wie du ... Und beide bedeutet ihr unter all den andern nichts. Ausrichten könnt ihr nichts.

Also nicht gerade eine ermunternde Einsicht, wie? Aber auf dich kommt es nicht mehr an.
Er fuhr nach Korntal und ging von dort zu Lili und ihrem Zaininger, dem Geometer, den er hemdsärmelig im Garten traf, wo er Zwetschgen ansah, die schon zeitig wurden; übrigens ein erfreulicher Anblick für Kandel, dem's nahezu idyllisch vorkam, den kräftigen Mann im allseits zugewachsenen Garten zu sehen, während der Himmel denselben Hauch hatte, mit dem auch Zainingers Zwetschgen belegt waren. Klar ausgeleuchtet war der Garten und ließ jedes Blatt glänzen, als wär's zum Abschied ausgehängt, immer noch sommerfrisch. Was sich außerhalb anbot und was die Erde zeigte, war beachtenswürdig, eine ewige Veranstaltung, und Kandel entsann sich eines Bibelwortes, in dem es hieß, daß Tag und Nacht, Sommer und Winter immer bleiben werden. So ungefähr war es ihm im Gedächtnis, während Zaininger wußte, wo es stand und wie es richtig hieß; denn der kannte sich in der Bibel aus. Trotzdem war er Amtswalter, und Kandel fragte ihn, wie es ihm mit der Partei gehe. Da schaute er beiseite, brummte: »Die Lili ist ja ganz dagegen... Aber sie kann sagen, was sie will, und auch der Doktor Römer hat leicht schwätzen. Mein Chef ist schon seit zweiunddreißig drin; natürlich geheim, und er hat's damals niemand erzählt, denn für Beamte war es ja verboten. Jetzt aber hat er zu mir g'sagt: ›Zaininger, wir müssen dafür sorgen, daß rechte Leut in der Partei sind. Sie gehören auch hinein, verstanden?‹ Da kannst nix machen, August, so ist's halt jetzt... Und wenn ich nicht hineingegangen wäre, hätt' mich der im Dienst getriezt.«
Da war also auch Zaininger gedämpfter Stimmung, und eigentlich tat's Kandel leid; das war der trübe Mischmasch in den Leuten, und ein Beamter mußte halt dabeisein. Kandel hoffte, daß es trotzdem anders sei und daß Zaininger nichts passiert wäre, wenn er sich abseits gehalten hätte; freilich, sein Chef hätt' ihn getriezt, und dem will jeder

gern ausweichen... Und Kandel kam es vor, als sei es mit Zaininger in der letzten Zeit abwärts gegangen, mindestens innerlich. Stumpfsinn färbte ab und steckte an; und Dummheit auch. Noch nie war ein fauliger Apfel zwischen zwei gesunden wieder frisch geworden; er hatte nur die gesunden faulig gemacht. Und so ging's durcheinander, mischte sich und strahlte etwas aus, gewissermaßen. Ganz sicher war das freilich nicht. Sicher war nur, daß es sich durcheinandermischte, anders wurde, verschwand, neu heraufkam und wieder umgewälzt wurde; als ob die Gegenwart ein Komposthaufen wäre.
Lili deckte im Garten den Kaffeetisch. Kandel stieg zu Erich unters Dach hinauf. Dort sah der Bub ein Bild von Goethe an, das er auf der Bühne gefunden hatte. – »›Aha, der Jöterich‹, sagt der Vater und schmunzelt, wenn ich es ihm zeig'... Und ich weiß schon, daß mein Vater a feiner Kerle ist.«
Kandel sah das Bild, einen schwarzgrünen Öldruck mit ovalem goldenem Rand an, und Goethe war ein Mann mit einem dicken Ordensstern nebem dem Frackrevers, fast wie ein Politiker. Von Mörike hatte der Bub ein Bild aus einer alten Zeitung ausgeschnitten, die vergilbt war, und Mörike trug eine Brille mit kleinen, eiförmigen Gläsern; seinen Rock hatte er so ungeschickt zugeknöpft, daß auf der Brust, dort, wo bei Goethe der Ordensstern strahlte, das Hemd heraussah. Mit der Drahtbrille glich Mörike irgendeinem Landpfarrer, an dem Kandel, hätte er ihn heut auf der Straße gesehen, nur seine altmodische Kleidung aufgefallen wäre.
Das Äußerliche und das Innerliche gehörten wahrscheinlich zusammen, und bei Dichtern war das Innerliche in allem zu sehen, was sie gemacht hatten.
Wieder kam ihm der Wappenmaler in den Sinn, als hätte er sich den nur eingebildet. Kandel wußte nicht mehr, ob er Erich von ihm erzählt hatte, und schwieg deshalb. Oder

hätte er ihm sagen sollen, einmal habe er geglaubt, daß ein anderer Mensch besser oder bedeutender sei als er, bis es sich herausgestellt habe, daß der halt nur anders gewesen war, vielleicht, weil's so etwas wie ›besser‹ und ›bedeutender‹ nicht gab? Nun, einbilden mußte man sich so etwas zuweilen schon, doch schwieg er trotzdem.
»Die Dichter wissen mehr als unsereiner, oder nicht?« fragte ihn Erich.
»Ja«, sagte Kandel, »aber nur vielleicht. Ganz genau weiß man's nicht.«

Er sah Samenflocken von Weiden übers blanke Wasser der Glems fliegen, diesen Bach, der nicht weit von der Nippenburg eine Kehre machte; der weiße Flaum nistete zwischen klebrigen Blättern in den Zweiggelenken und wurde fortgeweht. Von der Nippenburg sah er die Scheuer, einen breitbrüstigen Steinbau, herabschauen. Erich deutete hinauf und sagte: »Dort drin würd' ich gern wohnen.« Dahinter ruhte eine Schicht eisenfarbener Wolken, die rosa angeleuchtet wurden, daß sie wie Fransen eines Fells aussahen, während das Licht überm Wasser gelben Metallglanz auslegte und die dunkelgrüne Spiegelung der Blätter im Bach heller machte. Ein Rest vom Blau der Luft wurde darin lebendig, und Kandel wunderte sich, weshalb er dies genau anschaute. Früher hast du's nur flüchtig gesehen, aber jetzt...
Er fragte, weshalb sie das hier – und er wischte mit der Hand über die Hügel, die sanft waren – jetzt so gerne sähen, und Erich sagte, es läge an der Zeit. »Die drängt dich sozusagen ab. Es sitzt dir irgendwas im Nacken, und du traust niemand mehr. Wenn dir die Leut widerlich sind, meinst du, in den Blättern und im Lufthauch sei das anders. Du kannst halt nicht aufs andere verzichten, und dir kommt's vor, als sei's nur noch in den Büchern da, auf Hügeln oder alten Mauern.« Das Dorf Hemmingen hatte brau-

ne Dächer und eine Linde mit Bänken nicht weit von der Kirche; darin sahen sie sich den Chor an, dessen Netzgewölbe mit grünen Ranken ausgemalt war. Bei der Kirche hatte die Schloßmauer eine rundbogige Tür, und dort war das Licht wieder warm. Sie gingen dran vorbei und dann zum Kaiserstein, diesem Hügel in den Feldern, wo Bäume beieinanderstanden und zwischen Büschen braunsteinerne Kugeln lagen. Im Gegenlicht glänzten die Stoppelfelder.

Vielleicht war es nur eine Täuschung, daß das späte Nachmittagslicht alles, was sie bis zu blaudunstigen Wäldern sahen, so veränderte, als wär es schön; oder es war schön, auch wenn Tiere und Menschen drin Angst hatten, sich krümmten oder schwitzten. Der Schweiß war doch nur eine Ausdünstung, die Haut war wichtig; und die Haut des Landes waren der Wald und diese Felderrücken, die wie Schafe nach der Schur aussahen. Man konnte sich einbilden, hier sei gut leben. Freilich, es war eine reiche Gegend, und viele fühlten sich zufrieden, weil sie meinten, alles Neue sei nur gut; denn das Neue war heutzutage die neue Regierung, und die gefiel den meisten. Die Leute paßten sich halt gerne an und dachten: alles kann nicht schlecht sein.

Kandel redete davon zu Erich, der ihn abwesend anschaute; dann sagte er: »Erzähl von Wien.«

Die Wegwarten mit den harten Stengeln, die Bläulinge, die niedrig flogen, die Pechnelken mußten nicht mitmachen, und deshalb waren sie beneidenswert. Und Erich sagte: »Ich will weggehen können, und ich werd' weggehen. Schließlich lese ich nur Bücher von Juden oder Emigranten.« Und dann wieder dieses: »Erzähl von Wien.«

In Kandels Erinnerung waren die Wiener Trottoirs immer trocken, und das Licht machte sie weißlich, als bestünden sie aus Seide, die da und dort grauf leckig wurde. Die Straße senkte sich, und auf der Schattenseite ging er neben Bukkelquadern zum Donaukanal hinab. Er sah dünne Bäume an seinem Rand, drüben eine Häusermauer und den Himmel, ungefähr wie hier über dem Kaiserstein, obwohl der Himmel in Wien höher war. Wien lag weitab, es war eine windige Stadt, sozusagen gut durchlüftet, ohne Stickluft. Dann wechselte es wieder, die Szenerie verschob sich, eine Kirche wurde von Straßen umgriffen. Die Straße machte links hinüber eine Kehre, und dann wurde ein Platz weit. Das war dort, wo weiter drunten das Haus ›Zum Jordan‹ stand, eines mit ausgewetzten Steinen am Torbogen und dahinter einer Wendeltreppe; nicht weit davon die Synagoge hinter einer geschwärzten Fassade, wo Ende September (also um dieselbe Zeit wie heut) eine Laubhütte aufgestellt war, durch deren Zweige Himmel hereinschaute. Und wiederum woanders stand das Denkmal eines Bürgermeisters, den Kandel nicht mochte; doch weiter vorne war die Ringstraße auf der Sonnenseite recht beachtlich, nicht nur der Läden, sondern auch eines Gefühles wegen, das Kandel nicht beschreiben konnte. Während er ging, war die Straße breit und hatte in der Mitte Bäume, die das Licht filterten, als würde es grün durchmischt. Dort dann einen Einspänner fahren sehen und ihn hören, dies machte einem die Gelenke locker; und man griff in die Tasche (in Wien, bitte, immer sorgfältig angezogen sein), und der schwarz und weiß karierte Stoff der Jacke war am Handgelenk für einen Moment kühl. Ein Fiaker winkte mit der Peitsche, eine Dame hatte einen Hut mit zwei Vogelflügeln aufgesetzt und den Sonnenschirm zusammengewickelt an der Seite, als ob's ein Degen wäre; übrigens eine mit hohem weißem Seidenkragen, wenn Erich es schon genau wissen wollte. Ihre Pelzstola trug der Herr, einer, dem der Schnurrbart in den Mundwinkeln herabhing. Ja, die Dame selbstverständlich im langen schwarzen Rock, und alle Herrenanzüge hatten mindestens vier Knöpfe.

Die Judengasse hinuntergehen, aufs älteste Kirchlein zu. Während hohe, eisenbeschlagene Ladenflügel zurückgeklappt waren und unter Gewölben Kleider lagen, kamen bärtige

Männer vorbei, solche mit Schläfenlocken, und einer hatte seine großen Augen vom Drahtgestell einer Brille umrändert, fast wie Mörike. Unter denen hatte Kandel kein verquollenes Gesicht gesehen. »Geh dann auch einmal auf die andre Donauseite«, sagte er. Dort lag der Kahlenberg nicht mehr weitab; der war grün und blauschattig, da und dort auch weißlich. Am Donauufer war sandiger Boden, und manchmal schaute Sand aus einer Mulde. Gras hing über die Ränder. Drüben der Stephansdom, doch war von hier aus nur sein grauluftiger Turm zu sehen. Und Kandel streckte die Hand aus, als ob er draußen aufgerichtet stünde. Erich konnte sich's vorstellen, und es war, als wüßte er Bescheid; dann gingen sie zusammen weiter. Vor einer Hütte saß eine Frau mit zerwühltem Haar; die löste nasse Zeitungspapierfetzen von einem Hering ab und machte sich mit einem Taschenmesser daran, den Hering zu verspeisen. Immer wischte sie Haarsträhnen aus der Stirn und kaute. Erich wollte sie kennenlernen und sagte, ihn ziehe es jetzt oft nach unten. – »Also bist du ein Exzentriker«, sagte Kandel, und beide lachten. – »Weil wir uns ducken müssen, holen wir uns die Freiheit aus dem Traum«, sagte Erich. Der brachte immer diese Gegenwart herein und meinte, die sei schmierig; es kam aber doch nur drauf an, wie man sie nahm. Sie beiseiteschieben, wenn sie einen nicht Haut an Haut belästigte, das war am wichtigsten. Und Kandel verriet Erich etwas vom ›schönen Schein‹, auf den er sich einstellte, um alles Schmierige, das meistens ranzig roch, von sich wegzuschieben. Der schöne Schein half ihm mehr als der häßliche, und heute war der häßliche modern; falsch aber waren vielleicht beide, nur konnte man sich hier nur für den einen oder für den anderen entscheiden, weil es nichts anderes zur Auswahl gab. Jedenfalls entschied sich Kandel für den schönen Schein.

Sie gingen dann nach Hemmingen zurück. Vor der Mauer des Schloßgartens hielt eine offene Kalesche, und an der Pforte, wo der Lindenschatten dichter wurde, stand ein Herr mit Backenbart, einer in hellblauer Uniform, zu der eine dunkle Kappe mit Lackschild und ein Säbel in blanker Scheide gehörte. Er begrüßte den Schloßherren und war Franz Joseph der Erste von Österreich-Ungarn. Denn dieses Schloß, auch wenn es in Württemberg stand, konnte sich Kandel gut bei Wien vorstellen. Und Erich war so schlau und ging drauf ein.

Mit der Zeit kriegst du den Buben schon noch hin, dachte Kandel, denn zum alten Eisen geworfen oder abgeschoben fühlte er sich nicht; er gehörte noch dazu. Wozu alles getaugt hatte, was er getan und was er gedacht hatte, das wußte er freilich nicht. Halt ein alter Kutscher, aber immerhin ein schlauer, dachte er; und falsch machte es jeder, da konnte er tun und lassen, was er wollte. Wie's Erich Zaininger aber anfangen wollte, um sich mit der Zeit zurechtzufinden, in der er leben mußte, das hätte Kandel noch gerne gesehen.

»Ja, du hast recht«, sagte Erich. »Man muß so tun, als ob es das alles nicht gäbe. Und der ganze moderne Schwindel ist jetzt für mich aus. Es beginnt die kaiserliche und königliche Monarchie, denn Württemberg hat sich bekanntlich Otto von Habsburg unterstellt. Noch nichts davon gehört? Mein lieber Kandel, Sie werden noch staunen, was sich alles anspinnt! Und zwar hier, Ecke Webergasse und Pfarrstraße, hinterm Schellentürmle; vielleicht sogar in unserem Besitztum, draußen in Höfingen oder auf der Maurener Geruhstatt. Selbstverständlich aber in der Alleenstraße bei meinem treuen Kandel.«

Da zog sich der also ins Schrullige und Kauzige zurück, nur hatte es etwas Gewisses für sich und paßte auch zum Schönen Schein. Der Bub nahm's einfach nicht mehr an, dieses Grobschlächtige und Klotzige und Schmierige, das ihm an seiner Zeit mißfiel, wahrscheinlich, weil er immerzu den

Großen Haufen näherrücken fühlte und zu sich selber sagte: wenigstens will ich mir vorher noch ein paar schöne Tage machen und Kandels Rat befolgen, daß der Schöne Schein das einzig Ehrenwerte sei, auf das er sich verlassen könne.

Da wollte er sich also hinwegtäuschen über diese Gegenwart, indem er Altes liebte, wahrscheinlich, weil's verewigt war. Von einem wie dem Kutscher Kandel konnte niemand etwas anderes erwarten, denn schließlich hatte er in der Vergangenheit gelebt. Aber der Junge, dieser neben ihm Aufwachsende, wenn der sich ins Versunkene vertiefte, als ob es gegenwärtig wäre, dann konnte daraus nur Befremdendes und Kurioses in die Höhe wachsen, doch hielt er sich normal. Wenigstens lief er nicht auch noch aus seiner Buchhandlung davon, kaufte aber Trödel, den er ›Antiquitäten‹ nannte. So zeigte er Kandel ein Schreibzeug aus glasiertem Steingut, in das die Jahreszahl 1837 graviert war, und das auf seinem Tisch am Fenster in der Dachstube beim Schuhmachermeister Luik stand; zwei Gänsekiele hatte er hineingesteckt; mit denen schrieb er.
Also, ein bißchen g'schuckt oder zumindest nicht ganz in der Ordnung war dies schon, nur kannte er jetzt auch ein Mädchen; die rückte ihm vielleicht den Kopf zurecht. Denn daß ein alter Kutscher dazu imstande gewesen wäre, einen jungen Menschen biegsam, schlau und widerstandsfähig zu machen, das hätte sich nie arrangieren lassen. Übrigens war Erich schlau genug, nur schien es Kandel manchmal so zu sein, als legte er sich außen herum eine Kruste zu; bei einem Zwanzigjährigen war das nicht ganz das richtige.
Sie hieß Maria Böhm und war Buchhändlerin. Die Übereinstimmung hatte sich zwischen ihr und Erich eingestellt, weil die Luft dieselbe war, aus der sie beide kamen. Wenn die heimische Luft sich gegenseitig nicht vertrug, war's schlecht; die erwies sich als richtig und war wichtig, weil sonst zwischen den Menschen etwas Fremdes störte.

Maria Böhm – übrigens eine Dreißigjährige – hatte einen sechsjährigen Buben, der einmal zu ihr sagte: »Gelt, Mama, du bist eine Momentanfrau?« Das war an einem Sonntagnachmittag, und sie gingen zusammen über den Charlottenplatz. Jetzt waren sie zu dritt, ohne Erich Zaininger, und Kandel lernte die Frau kennen. Daß er gedacht hatte, sie sei ein Mädchen, mochte mit seinem Alter zusammenhängen, und dessen schämte er sich jetzt, sozusagen im Nachhinein. Weil er's aber nicht hatte merken lassen, war's nicht störend aufgefallen; jetzt ließ es sich also stillschweigend korrigieren.

Sie war eine Dunkelhaarige, eine Schwarze, denn wer nur flüchtig hinsah, hielt sie für schwarzhaarig; doch gab es eigentlich kein schwarzes Haar, weil Haar, wenn's noch so rabenflügelig erschien, entweder einen Glanz nach Blau oder nach Braun hinüber hatte. Ihres ging nach Blau hinüber und glänzte im Licht manchmal stählern; es war geschnitten, dicht und wellig, über der Stirn zurückgekämmt. Kandel sprach mit ihr, die zu ihm hersah und ihren Buben mit festem Arm zurückhielt, als er über die Straße laufen wollte. In diesem Augenblick nannte er seine Mutter eine ›Momentanfrau‹.

Eine Große, eine in den Hüften Schmale; eine mit starken Brüsten; ihr Gesicht eher breit, das Zentrum auf den Wangen; eine mit einer starken Unterlippe und kleinem Kinn. Die fiel auf. Kandel merkte es an der Art, wie die Leute herschauten, was kein Wunder war. Auch du hättest sie angeschaut, wenn sie dahergekommen wäre. Und jetzt tust du es auch... Die mit ihren dichten Brauen und den großen Augen, in den Pupillen Braunes und Graues gemischt; eine gerade, kräftige und nicht zu lange Nase mit einer Kerbe an der Wurzel. Das Äußere gehörte halt dazu, mehr als bei einem Mann; bei einem Mann konnte man drüber hinwegsehen, aber bei einer Frau, und besonders bei einer solchen, war's wie ihre Redeweise, diese allerdings merkwürdig

nachgiebig und weich, sozusagen passiv und gewissermaßen dunkel eingefärbt; das aber war es ja gerade, was er schätzte.
Bitte schön, du bist über siebzig... Doch gerade deshalb konnte er es sich gestatten, weil er sich nicht mehr verpflichtet fühlte. Bei Erich müßte es anders sein; der hatte auf Maria Böhm ein andres Augenmerk zu richten. – »Ich war schon so gut wie verheiratet, das heißt: Ich bin es schon gewesen. Aber das wissen Sie wahrscheinlich längst oder können es sich denken.«

Kandel hörte es, und ein bißchen ging's ihm nahe. Die hatte es also schon hinter sich. Und für Erich war es gut, eine neben sich zu haben, die darüber Bescheid wußte. Ihm schien's, als ob die sich auf ihn einstellen könnte. Das war am wichtigsten. Erich sagte, die Maria habe ›eine Richtung‹. Beim Überqueren des Charlottenplatzes aber hatte sie zu Kandel g'sagt: »Man weiß eigentlich nie ganz, was man will.«
Sie hatte Schulden und lächelte darüber. – »Was im Leben alles passieren kann: eigentlich ist's interessant. Ich bin gespannt, was sein wird, wenn mir der Gerichtsvollzieher den Kuckuck auf die Kommode pappt.« Sie saß in Erichs Stube auf dem Sofa; ihr Rock war lang und blau, aus Seide und beinahe so, wie man ihn vor dem Krieg getragen hatte. In Gablenberg wohnte sie unter Straßenbahnern, und in ihrer Küche, die auf einen Garten hinausging, ließ sie Zwergfinken herumfliegen; die hellgelben, grünen und roten Flügel dieser Vögel erinnerten Kandel an hochgeworfene Blumen. – »Die müssen doch auch mal heraus. Und was macht's, wenn sie etwas fallen lassen? Es ist doch bloß ganz klein und weiß.« Wieder ihr Lächeln. Aber eine Gallengeschichte hatte sie allerdings auch. Ein bißchen schwierig war's für sie, ihr Leben mit dem Beruf abzustimmen. – »Und eigentlich ist alles schon schwierig genug... Und daß man dann

auch noch was schaffen soll? Ich bring' es nur mühsam zusammen.«
Dazu ihr großes, dunkelhaariges Äußere, diese Gestalt, die schwer war, sozusagen von starker Fülle (aber das meinte Kandel jetzt ironisch), ja, dies war ein Gegensatz; es stimmte nicht recht überein. Ob Erich wußte, daß dies Widersprüchliche sie von den andern unterschied? Also auch eine mit einem Riß oder Sprung, den niemand sehen sollte.
In ihre Art zu sprechen mischte sich Abwesendes. Die redete mit unterwürfigem Tonfall, eine Nachgiebige, die wegsah. Ja, so kam sie ihm vor. Sie erzählte Kandel von einer alten Tante, die zu ihr gesagt hatte: »Das mit der Buchhändlerin machst du natürlich auch nie fertig. Du fängst doch immer etwas Neues an.« Zuvor war sie ›im Hotelfach‹ gewesen. Ob sie sich da etwas vorgestellt hatte von interessanten Begegnungen auf breiten Treppen in Zimmern mit Teppichen, wo leise geredet wurde und nachmittags Duft von Kaffee und Parfüm sich neben Topfpalmen vermischte? Es konnte sein, es war gut möglich. Aber dann sagte sie: »Was ich mache, um Geld zu verdienen... also, mir ist es gleichgültig. Freilich, man muß etwas machen... Oder sagt man: tun? Ja, tun...«
Er ließ sich vom Hotel erzählen. – »Harte Schule...«, sagte sie. »Bin zu faul dazu gewesen. Die Abrechnung zusammenbringen... Und richtig frei hast du eigentlich nie. Also, ich wollte da raus.« Und Erich gefiel an ihr, daß ihr das Politische ebenso ekelhaft wie ihm war. »Aber, was willst du denn: Angleichen mußt du dich halt doch; oder wenigstens so tun, als ob du dich anglichest. Oder kann ich vielleicht davonlaufen? Also.«
Wenn Erich dabei war, veränderte sie sich, mußte aber darum bemüht sein, ihn nicht schwärmerisch anzuschauen. Die sagte sich doch immer vor: Du bist neun Jahre älter... Saß sie neben Erich, so kam an ihr etwas zum Vorschein, das, obwohl sie es versteckte, einen Hauch von Alter hatte. Ihre

Bewegungen waren so, als dächte sie: es ist sehr schön... und es soll lange dauern; für immer ist es freilich nicht.
Kandel merkte, daß sie für Erich und für ihn gern Kaffee machte, den Tisch deckte und sich neben Erich setzte, wobei ihr der Gedanke, es sei doch alles nur für kurze Zeit, immer wieder dazwischenkam. Wenn sie aber allein mit Kandel ging, der sie zur Straßenbahn begleitete, sagte sie: »Also, ein Gelehrtentyp, der bloß alle vier Wochen merkt, daß neben ihm ein weibliches Wesen existiert, ist nichts für mich. Und wenn einer breite Schultern und schmale Hüften hat, dann weiß ich, daß ich hereinfalle. Erst nachher merke ich, daß es arg dumm war. Und dann muß ich schnell weg von ihm.«
Die war ehrlich, so etwas gefiel ihm; aber vielleicht war's kein Wunder, weil sie ein Kind hatte. Die hatte eine schwere Geburt hinter sich gebracht und wäre dabei fast gestorben, des Kindbettfiebers wegen, das gerade noch eingedämmt worden war. – »Weil bei mir halt nichts leicht geht«, sagte sie, denn mit Kandel redete sie gern. Einmal fügte sie hinzu, eigentlich sei sie bloß für Ältere die Richtige, doch änderte sich das einige Sätze später: »Bei einem Jungen ist es trotzdem besser.« Ob sie gedacht hatte, der eisgraue Kutscher könnte sich vielleicht etwas einbilden? Ach, das nicht. Aber halt so...
Eine Unsichere, doch Kandel konnte Sichere nicht leiden. Er war sich auch nicht sicher, ob er wirklich etwas von ihr wisse, weil er immer weniger zu wissen schien und es für ihn darauf hinauslief, daß er nichts durchschauen konnte; denn letzthin stand doch alles nur in einem Augenblick so da und war hernach wieder ganz anders; weil alles provisorisch war. Oder wurde es noch einmal fest? Aber dann für wie lange, bitte schön? Wie die Vorkriegszeit, die ausgesehen hatte, als stünde sie fest. Jeder mußte nur durchkommen. Jedenfalls war ihm das Gefühl: Du bist ein Meister und ein Lebenskünstler... leider nicht vergönnt.

Er sah dann ein Bild in der Zeitung, eines von Hitler. Der stand vor einer Mauer, schaute auf die Seite und hatte das Papier einer Rede wie eine Peitsche in der Hand; ein uniformierter Mann mit zusammengezogenen Brauen, Haar und Bart wie angeklebt; und das Gesicht so ganz besonders nackt. Freilich, jeder zeigte sein Gesicht immerzu nackt, außer er trug eine Larve, eine Maske, also wie beim Karneval oder in der Gletscherkälte. Aber der da... Merkwürdig, daß er so unsportlich aussah, obwohl er verlangte, daß viele sich im Sport ertüchtigten, wie das jetzt hieß. Vielleicht gerade deshalb? Jedenfalls sah der nicht kräftig aus, eher weichlich; nur das Bösartige auf der Stirne, das war festgelegt.

Und kurz darauf dieses zerhauene und fette Gesicht des Stabchefs Röhm; der gehörte ein paar Tage später zu den Toten. Der mit dem glatten Gesicht hatte den mit der zerhauenen Visage abservieren und umlegen lassen; dazu noch viele andere, wie beispielsweise jenen General, der einmal Reichskanzler gewesen war; denn ›umlegen‹ und ›abservieren‹ hießen jetzt die Ausdrücke für so etwas.

Bei Erich wurde nicht davon gesprochen; es gab dies alles nicht. – »Bedenke, Onkel August, daß ein Antiquarius bestenfalls Zeitungen bis zum ersten August neunzehnhundertvierzehn liest. Danach steckt für den in der Zeit ein graumilchiges Luftloch... Nehmen Sie noch etwas Kaffee, Gnädigste?«

Die Gnädigste nahm. – »Maria Böhm, eine Wienerin, obwohl sie aus Reutlingen ist. Mir g'fällt sie halt«, sagte Erich. Maria saß auf einem Schemel, und ihren blauen Rock hatte sie bis zum Knie heraufgeschoben, vielleicht, weil es ihr so bequemer war. Sie durfte ihre Beine zeigen, verstecken brauchte sie die nicht; übrigens Beine mit Sonnenbräune. Auch Erich sah gesund aus, also bekam's ihm gut. Und erfreulich, daß alle munter waren. In der Stube war der Hauch des Abendhimmels, dieser Widerschein. Beim Fen-

ster stand ein Sekretär. Maria sagte: »Eigentlich möcht' ich euch alle gerne wiedersehen«, und Kandel fragte: »Gehen Sie weg?« – »Ja. Für sieben Wochen. Zu meinen Eltern nach Reutlingen halt, damit ich meinen Buben einmal wieder hab'. Mein Vater ist übrigens älter als Herr Kandel. Wie alt sind Sie?«
Kandel sagte: »Dreiundsiebzig«, und Maria bemerkte: »Also hab ich recht gehabt. Mein Vater ist genauso alt.«
Sie hob ein Bein über das andere, und ihr Rock rieb am Knie, wobei es raschelte. Jetzt hatte sie auch eine Zigarette in den Lippen, und Erich hielt ihr ein brennendes Zündholz hin. Die Spitze ihres kleinen Fingers berührte seinen Zeigefinger, und Kandel dachte: ja, die kann's. Erich würde also dieses Zärtliche, das knisterte, später, wenn sie fort war, arg vermissen. Dann wieder schien's, als rechne er damit und wüßte, wie es sich verhielt; und wünschte vielleicht manchmal, daß es aus sein möge, weil er zuweilen gern allein gewesen wäre. Immer noch fragten sie einander: ›Was denkst du?‹ und dies bedeutete, daß sie am Anfang waren, also keine Fortgeschrittenen. Auch Erich gehörte nicht zu denen, die als Liebesleute Streit anfingen; und sie kannte sich aus und wußte schon, wie man um die Ursache eines Streits herumging. Wenn er sich aufregt, geb' ich ihm halt recht... dachte sie, oder Kandel stellte es sich vor, daß die so dachte; denn er als Außenstehender sah und hörte nur das Äußere, und da nahmen sich diese zwei in acht, damit sie sich ja nicht verrieten; weil halt jeder glaubte, so etwas wie Liebe sei bei ihm etwas ganz Spezielles und verschieden von dem, wie's bei andern war; denn so gehörte es dazu, und jeder bildete sich ein, er habe etwas ganz besonders Feines. Sie war eine Empfindliche und brauchte es. Ob sie es immer wieder anders und von einem andern brauchte? Nun, wenn der Überdruß kam oder sich einstellte... Aber so weit war's noch nicht; es war noch neu, und auch weil Erich um neun Jahr jün-

ger war. So legst du dir's zurecht, und es kann anders sein.
Sie hob die Zigarette, drückte die Hand aufs Knie. Sie war in Portugal gewesen. »Ja, Lisboa...«, sagte sie. Der Bub schaute sie an, und Kandel wunderte sich, weil er Erich immer noch für einen Buben hielt; diesen Einundzwanzigjährigen.
Wie seine Augen groß wurden bei dem Wort ›Lisboa‹, grad als wären dort die Menschen anders. Die Sehnsucht, die nicht erfüllt wird, weil sie nicht erfüllt werden soll, die heiße dort saudade; und Portugal sei das einzige Mittelmeerland mit dunstigem Horizont: »So das Verschwimmende, ungefähr wie bei uns«, sagte sie und deutete hinaus, zwischen den Fingern eine Zigarette. »Gut: am Strand sitzen, mit Wasser vermischten süßen Wein trinken und aufs Meer schauen. Halt ein bißchen melancholisch, das gehört dazu.« Sie hatte dort einen getroffen, und von dem hatte sie ihr Kind; übrigens den Sohn eines Reichen; am liebsten hatte der Schlagzeug gespielt in einer Jazzbar.
Gut für Erich, daß er etwas von der großen Welt erfuhr oder was er für große Welt hielt; denn Kandel dachte, daß es dies nicht gebe, weil jeder sich doch ärgerte und Kummer hatte, gleichgültig, ob er zu der großen oder zu der kleinen Welt gehörte. Vielleicht war bei den Oberen der Menschengeruch besser, aber doch auch fader, denn ein Mensch mußte riechen und nicht nach Parfüm. Frau Böhm freilich benutzte dezentes Parfüm.
Kandel kam es vor, als ob er gehen sollte. Und er ging.
Von der Zeit nichts wissen wollen. Die Liebe dichtete ab. Kandel dachte: die sind fein heraus. Er sah in ein Schaufenster der Königsbau-Passage, und ein Herr stieß ihn mit der Schulter an. »Oh, Verzeihung!« hörte Kandel, und dann war's Lilis Mann Alfred Zaininger, dem die kurze Pfeife im Mund rauchte und der strahlte; er hatte graue Breecheshosen an. Mit dem trank Kandel ein Bier in der Bahn-

hofswirtschaft, wo Zaininger sagte: »Mein Erich, der ist aber elegant geworden, was?« Kandel merkte, daß er von Maria Böhm nichts wußte, und so schwieg auch er. – »Glaubst du, daß er heutzutage durchkommt, auch wenn er nicht in der SA ist? Mir soll's recht sein, ich mache ihm keine Vorschriften, aber schließlich weißt du, wie's jetzt ist.« – »Laß ihn. Als Antiquariatsbuchhändler findet er sich durch. Mir kommt es vor, als würd ihm das Spaß machen.« – »Wie man so etwas machen kann: bloß unter muffigen Papieren hocken... Also, man muß doch auch mal Haut an seinen Fingerspitzen spüren, oder nicht?« – »Du, mir kommt's vor, als hätte er das trotzdem. Halt so nebenher.« Und Kandel schmunzelte.

Wieder sagte Zaininger, die Zeit vor dem Krieg sei dekadent gewesen: »Gut, daß sie jetzt vorbei ist.« Kandel zog die Augenbrauen hoch. Und Zaininger lachte verlegen, schaute auf sein Bier und stopfte sich die Pfeife. Kandel sagte, er glaube fast, die Gegenwart sei auch nicht grad so arg gesund... Wenn man bloß daran denke, daß einer an einem klaren Tag im Juni alle seine lästigen Kumpane abschießen lassen dürfe, bloß weil er Macht habe. »Oder glaubst du, daß er's gemacht hat, weil die verkehrtrum g'wesen sind? Na also.«

Ein vorsichtiges Gespräch, bei dem er sich umschauen mußte. Oder lohnte sich's vielleicht, sich aufzuregen? Es lohnte sich ganz bestimmt nicht. Trotzdem sagte Kandel: »Scheißbande, dreckige!« Das erleichterte ihn zwar für einen Augenblick, nur änderte es nichts; es war halt bloß Geschwätz. – »Ich hab zum Erich auch schon g'sagt: Wenn du so gegen die bist, die jetzt oben sitzen, mußt du auch einmal was gegen sie tun... Aber, was glaubst du, was für eine Angst ich hätt', wenn der sich danach richten tät! Mein armer Bub versauft im Sumpf. Mehr würd' nicht sein.« – »Und dir ging es auch an den Kragen«, sagte Kandel. – »Und weißt du, was am letzten Samstag bei der Amts-

walter-Vereidigung im Hof der Rotebühlkasern' einer gesagt hat? ›No recht fest glaube... Wenn ihr no alles recht fest glaubt, dann wird's ganz wundervoll! Glaubet alles no recht fest, was man euch sagt!‹ Der ist ein Zyniker gewesen. Und damit kommst du auch net weit.«
Erichs Vater war also bekümmert; er wußte nicht, wie er sich zurechtfinden sollte und ob nun er, der alles immer rosig sah, recht hatte oder sein Bub, der anders dachte; ›anders eingestellt‹ hieß man das heute, als wär der Mensch eine Maschine; doch niemand wußte, wer ihn so ›eingestellt‹ hatte.
Die Trottoirplatten und die Häusermauern schienen gleich zu bleiben, aber für wie lange? Nicht für ewig, das gewiß, aber doch länger als ein Mensch zuschauen konnte. Und sonderbar, daß von ihnen so etwas wie Stärke auszustrahlen schien, vielleicht, weil sie sich nicht bewegten. Was sich regte aber erschien schwächer, verletzbarer und auch rührender, als ob es Mitleid wecke.
Kandel ging beim Hotel Marquardt. Dort hatte er Festes neben sich, die Quader standen dicht bei seiner Schulter. Ein Paar kam ihm entgegen, und er dachte: eigentlich recht sonderbar und so, als sähest du zwei aus dem Jahre neunzehnhundertzehn... Der breitrandige Hut der Dame verwischte ihr Gesicht mit einem Schattenstreifen, und der Herr mit dem Stöckchen, dessen Elfenbeinknauf ihm bequem in der Hand lag, lächelte unterm steifen Strohhut, als ob er ihn kenne; doch weil seine Kleidung (mit der grauseidenen Plastronkrawatte, in der eine Nadel steckte) auffälliger als sein Gesicht war, bemerkte Kandel erst, kurz bevor ihn der andre grüßte, daß es Erich und Maria waren. Woher sie diese sonderbaren Requisiten hatten?
Aber nein, er täuschte sich; es mußten Fremde sein, solche von früher. Die Dame hatte weiße Schuhe mit geschweiften Absätzen an, solche aus glattem Leder, und Kandel dachte: wahrscheinlich werden es Knöpfstiefel sein... als ihm im

Licht der ansteigenden Straße der olivfarbene Belag der Sandsteinmauer des Hotels Marquardt wie eine Kulisse vorkam, die weggenommen werden konnte; aber jetzt noch nicht, weil sie fest dastand und sich nichts verändert hatte seit dem Jahre neunzehnhundertzehn. Und Erich sagte: »Der kennt uns nicht mehr... Wir gehen ja auch in der alten Zeit spazieren.« Und sie verrieten ihm, daß sie sich mit ihren Gedanken und manchmal auch äußerlich gewissermaßen ins Vergangene zurückzögen: »Wenn wir einen freien Nachmittag haben.« Und Kandel sagte, der Nachmittag sei sowieso die beste Zeit, um auszuschweifen.
Beim Hotel Marquardt war ein roter Teppich über das Trottoir gelegt, und rechts und links vom Eingang standen Lorbeerbäumchen. Ein schwarzes Auto hielt, aus dem ein Dicker ausstieg, einer in brauner Uniform, der von Leuten umstanden wurde, als wäre ein lebender Zaun vor ihm aufgestellt worden. – »Weitergehen ... weitergehen ...«, sagte Erich, und sie gingen über die angenehm leere Königstraße; sie verdankten diese Leere jenem dicken Braunen. Das Rasenparterre vor dem Neuen Schloß war hinter hohen Kastanien mit Siegessäule und verschnörkeltem, gußeisernem und grünlichem Musikpavillon eine Schatulle für Erinnerungen, während die Brunnen stömten, als wären's Helmbüsche aus weißschäumendem Wasser; dahinter das Schloß, die Fenster unerwartet gleißend und durchzogen von Wolkenspiegelungen.

Der feste und glatte, der runde Arm der Maria Böhm, die nach oben schaute, als ob sie etwas sähe, zu dem sie hinüberkommen wollte, was ihm auch schon an Erich aufgefallen war; eine Handbewegung, als schöbe er etwas weg; dazu die Stimme dieser Frau, leise, aber in der Erinnerung nachhaltig, eine wirksame, und daß er, August Kandel, sich herausgehoben fühlte, seines Alters wegen: Dies machte sich jetzt stärker als früher bemerkbar. Und warum? Weil in

also etwas Niedriges; aber das Niedrige war jetzt das Obere. Die Oberen waren nur Niedrige, und wem es davor graute, dem blieb nichts andres übrig, als zurückzuweichen in eine Zeit, da es ihm noch möglich gewesen wäre, zu den Oberen hinaufzuschauen. Heute aber... Schon wieder dieses: Heute aber... Für einen Alten wie den Kutscher Kandel kein verwunderlicher Gedanke, und für einen Jungen wahrscheinlich nur ungesund. Der hätte einen Menschen finden sollen, der dasselbe wie er dachte, denn unter einer Drohung leben müssen, zeitigte die Träume und nährte etwas, das nicht ganz das Richtige war. Wo aber hätte man heut das Richtige finden sollen? Auch darauf wußte Kandel keine Antwort; denn er, ein Dreiundsiebzigjähriger... Übrigens höchst bemerkenswert, daß du immer noch gut auf dem Damm bist... aber übermütig wirst du nicht. Wär doch der Erich wenigstens ein bißchen übermütig; dem tät es gut. Wie aber sollte einer, der so war wie Erich, übermütig werden? Kandel konnte es sich nicht vorstellen.
Du kaufst dir einen jungen Gaul und machst im alten Trott weiter... denn so wie jetzt war's fad. Und Kandel stieg in Erichs Dachbude hinauf, klopfte und trat mit einem leisen: »Wenn's erlaubt ist, gnädiger Herr...« bei ihm ein. Der hatte nun ein Buch vor sich, »eines zum Wegtreten«, wie er sagte, denn darin waren nur altersbräunliche Stiche, Lithographieen und Aquarellbilder der Vergangenheit zu sehen. – »Ja, du bist ein Träumer. Aber, da schau mich an! Mein Herr, Sie könnten sich an mir ein Beispiel nehmen!« Und Kandel erzählte ihm, daß er wieder arbeiten, sich einen Gaul kaufen und die staubige Kutsche aus der Remise ziehen werde. – »Schad ist nur eins: Daß du keinen Stallburschen brauchst«, sagte Erich, und Kandel meinte, ach, wenn's bloß das wäre, könne er ihm gleich heut nachmittag beim Putzen helfen.

Wieder anfangen. Ein Glück, daß auch der Stall noch nicht vermietet war. Äußerlich hatte sich, was ihn betraf, wenig verändert. Bloß der Verkehr, der allerdings. Das Zusammenleben mit den Autos wird nicht mehr so leicht sein wie vor zwanzig Jahren. Aber, daß ihm Erich beim Kutschenputzen half, das war für Kandel eine Freude, denn bücken konnte er sich nicht mehr so wie früher; und wenn es galt, die Federn einzuschmieren, mußte man unter den Wagen kriechen, da half alles nichts.
Erich kroch zwischen den Rädern heraus und strich sein langes braunes Haar zurück, das ihm bis ans Kinn herabgehangen war: »Meine aufreizende Frisur. Gelt, die ist gut?« Und er stand mit zurückgekrempelten Hemdsärmeln da, hatte eine abgewetzte, unten ausgefranste Hose an, die er auch zu Hause trug, damit alles geschont wurde und er bei seinen abendlichen Wanderungen tadellos daherkam; denn auch fürs Antiquariatsgeschäft mußte Altes herhalten, weil es doch bloß dem Nutzen diente, ach, du liebe Zeit. Und morgen würde sich also der Kutscher Kandel einen Gaul holen, freilich keinen jungen, wie er gehofft hatte, aber einen, der noch gut im Futter stand.
Es war ihm dann fast wie als Dreißigjährigem zumut, als er zum ersten Mal am Bahnhof mit seiner Kutsche gewartet hatte, freilich vor jenem alten Bahnhof nicht weit vom Hotel Royal, von dem nur noch die Säulen standen; ein Kino war in ihn hineingebaut. Der neue – auch recht imposant – verriet einen andern Geschmack; einen vitalen, wie man heute sagte. Der hatte einen Turm wie eine Festung und stand grausteinern da, langgestreckt und massig und ohne etwas, worüber man sich hätte lustig machen können; denn für Kandel gehörte das Schmunzeln auch zu einem Bauwerk, und an einem Bauwerk schmunzelten doch verschnörkelte Säulen, während heute alles kantig war, aber zum Glück nicht ganz so arg; übrigens stammte dieser neue Bahnhof auch noch aus der Vorkriegszeit; der war

also etwas Niedriges; aber das Niedrige war jetzt das Obere. Die Oberen waren nur Niedrige, und wem es davor graute, dem blieb nichts andres übrig, als zurückzuweichen in eine Zeit, da es ihm noch möglich gewesen wäre, zu den Oberen hinaufzuschauen. Heute aber... Schon wieder dieses: Heute aber... Für einen Alten wie den Kutscher Kandel kein verwunderlicher Gedanke, und für einen Jungen wahrscheinlich nur ungesund. Der hätte einen Menschen finden sollen, der dasselbe wie er dachte, denn unter einer Drohung leben müssen, zeitigte die Träume und nährte etwas, das nicht ganz das Richtige war. Wo aber hätte man heut das Richtige finden sollen? Auch darauf wußte Kandel keine Antwort; denn er, ein Dreiundsiebzigjähriger... Übrigens höchst bemerkenswert, daß du immer noch gut auf dem Damm bist... aber übermütig wirst du nicht. Wär doch der Erich wenigstens ein bißchen übermütig; dem tät es gut. Wie aber sollte einer, der so war wie Erich, übermütig werden? Kandel konnte es sich nicht vorstellen.

Du kaufst dir einen jungen Gaul und machst im alten Trott weiter... denn so wie jetzt war's fad. Und Kandel stieg in Erichs Dachbude hinauf, klopfte und trat mit einem leisen: »Wenn's erlaubt ist, gnädiger Herr...« bei ihm ein. Der hatte nun ein Buch vor sich, »eines zum Wegtreten«, wie er sagte, denn darin waren nur altersbräunliche Stiche, Lithographieen und Aquarellbilder der Vergangenheit zu sehen. – »Ja, du bist ein Träumer. Aber, da schau mich an! Mein Herr, Sie könnten sich an mir ein Beispiel nehmen!« Und Kandel erzählte ihm, daß er wieder arbeiten, sich einen Gaul kaufen und die staubige Kutsche aus der Remise ziehen werde. – »Schad ist nur eins: Daß du keinen Stallburschen brauchst«, sagte Erich, und Kandel meinte, ach, wenn's bloß das wäre, könne er ihm gleich heut nachmittag beim Putzen helfen.

Wieder anfangen. Ein Glück, daß auch der Stall noch nicht vermietet war. Äußerlich hatte sich, was ihn betraf, wenig verändert. Bloß der Verkehr, der allerdings. Das Zusammenleben mit den Autos wird nicht mehr so leicht sein wie vor zwanzig Jahren. Aber, daß ihm Erich beim Kutschenputzen half, das war für Kandel eine Freude, denn bücken konnte er sich nicht mehr so wie früher; und wenn es galt, die Federn einzuschmieren, mußte man unter den Wagen kriechen, da half alles nichts.

Erich kroch zwischen den Rädern heraus und strich sein langes braunes Haar zurück, das ihm bis ans Kinn herabgehangen war: »Meine aufreizende Frisur. Gelt, die ist gut?« Und er stand mit zurückgekrempelten Hemdsärmeln da, hatte eine abgewetzte, unten ausgefranste Hose an, die er auch zu Hause trug, damit alles geschont wurde und er bei seinen abendlichen Wanderungen tadellos daherkam; denn auch fürs Antiquariatsgeschäft mußte Altes herhalten, weil es doch bloß dem Nutzen diente, ach, du liebe Zeit. Und morgen würde sich also der Kutscher Kandel einen Gaul holen, freilich keinen jungen, wie er gehofft hatte, aber einen, der noch gut im Futter stand.

Es war ihm dann fast wie als Dreißigjährigem zumut, als er zum ersten Mal am Bahnhof mit seiner Kutsche gewartet hatte, freilich vor jenem alten Bahnhof nicht weit vom Hotel Royal, von dem nur noch die Säulen standen; ein Kino war in ihn hineingebaut. Der neue – auch recht imposant – verriet einen andern Geschmack; einen vitalen, wie man heute sagte. Der hatte einen Turm wie eine Festung und stand grausteinern da, langgestreckt und massig und ohne etwas, worüber man sich hätte lustig machen können; denn für Kandel gehörte das Schmunzeln auch zu einem Bauwerk, und an einem Bauwerk schmunzelten doch verschnörkelte Säulen, während heute alles kantig war, aber zum Glück nicht ganz so arg; übrigens stammte dieser neue Bahnhof auch noch aus der Vorkriegszeit; der war

deinem Leben nichts mehr geschieht. Auch daß die beiden jungen Leute, die er kannte, sich von allem Gegenwärtigen abwandten, machte, daß es ihm leicht wurde, diese Stadt und wo er ging – zur Nippenburg hinaus – beinahe wie eine Luftspiegelung zu sehen. Die Jungen redeten vom Alten und waren, wie er, im Alten daheim.
Er ging mit Maria und Erich an der Mauer des Nippenburger Parks entlang, auf der sich Blätterlichter regten. Da war nun wieder der grünliche Schein, und daß auf den Weg Nüsse fielen wie vor vierzig Jahren. Die Nippenburg lag immer noch in einem warmen und windstillen Winkel. Das eiserne Parktor stand offen. Sie schauten hinein, und drüben stand die Blutbuche mächtig da. Indes die andern vorausgingen, kam ein Mann im lappigen Strohhut auf ihn zu, und dann sah er in das Gesicht des Wappenmaler, dessen blaue Augen ihm auffielen; der schaute ihn scharf an, zog einen Wasserschlauch hinter sich her, trat vor Kandel und sagte: »Sie sehen doch bloß zu. Sie halten sich heraus. Das ist doch nichts.« – »Aber, was wollen Sie mit dreiundsiebzig denn anderes tun?« antwortete er ihm, worauf der andere im Gärtnerschurz und Strohhut weiterging und anfing, die Beete vor den Parkbäumen zu bespritzen. Der sprühende Wasserfächer glänzte, die Blumen hatten schwankende Köpfe, und das Himmelsblau schaute herein.
Ihm kam es vor, als hätte er sich die Begegnung mit dem Wappenmaler eingebildet; als er zu Erich und Maria kam, war er noch recht abwesend. Die zwei schauten einander an. Jetzt gingen sie über die Brücke des Schloßgrabens. Steine hatten graue Moosflechten, Kastanienlaub hing gelb durchschienen vor dem Tor, wo oben rechter Hand der Bienenstand lebendig war. Die beiden Jungen glaubten also, er entsänne sich seiner Jugendliebe, und Maria sagte: »Geheiratet haben Sie jedenfalls nicht, Herr Kandel.« – »Nein. Daran ist diese Franziska Leutrum schuld.«
Er sagte also, wie es sich verhielt; er gab es zu. Denken

aber tat er an den Wappenmaler, und ob er sich den eingebildet hätte, am liebsten wäre er wieder zurückgegangen, nur hätte er dafür alleinsein müssen. Und er saß mit den beiden bei der Linde, die vor vierzig Jahren schon so hoch und breit wie heut gewesen war, ein Gebäude aus Blättern mit Zimmern und Kammern, in denen Bienen schwärmten. Also wiederum ein neuer Frühling, der sich einem anderen Sommer entgegenneigte. Ihm kam's vor, als ob er alle Regenmonate seines Lebens übersehen hätte, die Winter, ohne ihn anzurühren, weggeglitten wären und er immer schon unter der Nippenburger Linde im warmen Licht gesessen sei, vor den Schuhsohlen Thymian und Disteln voller Schmetterlinge.

Erich erzählte von seinem Leben in der Buchhandlung und sagte, wenn er dort nichts tue als sitzen, ab und an einen Büchertitel auf eine Karteikarte kritzele oder Rechnungen schreibe, habe er das Gefühl, als würde sein Kopf weit und nähme auch Vergangenes herein und kläre es. Weit abseits zu sein, das lasse er sich gern gefallen.

Frau Böhm streckte sich aus und schaute hinauf in die Linde. Ob die sich jetzt den Kandel weit fortwünschte?

Du machst es halt noch ab, denn ernst ist es dir nicht mehr. Es schien auch fast, als strecke sich eine Lähmung in der Luft aus; man fürchtete, politisch überrascht zu werden, und Erich sagte: »Der plant wieder mal einen Eklat«, denn Wörter wie ›Eklat‹, die etwas Elegantes oder auch Gebildetes ausstrahlten, sollten die Angst verdecken und daß es ihnen allen graute. Übrigens kam Frau Böhm nach ihren Sommerferien nicht mehr in die Stadt zurück.

»O, das ist gut... Ich meine: weshalb sollte sie hierbleiben? Du wirst lachen, aber ich hab keine Ahnung, wo sie ist«, sagte Erich und lächelte. Sein Lächeln kam ein wenig starr heraus; jedenfalls gelang es ihm nicht lebensecht und liebenswürdig, denn ›lebensecht‹ (was er sich darunter vor-

stellte?) und ›liebenswürdig‹ waren seine liebsten Wörter; etwas ›Liebenswürdiges‹ und etwas ›Konziliantes‹ schätzte er hoch ein. Jetzt ließ er sich das Haar lang wachsen; es reichte ihm von der Stirn bis in den Nacken, und er sagte: »Weil die andern alle militärisch kurz geschoren herumlaufen, und das finde ich halt schlecht.« Es gehörte zu dem, was er sich unter ›Eleganz‹ vorstellte. – »Weißt, Onkel August, die verstärkt doch meinen Traum. Und wenn ich an Frau Böhm denk', die einmal hiergewesen ist, kommt es mir wie um die Jahrhundertwende vor.«
Kandel dachte, es sei gut, daß er darüber rede, und versuchte, Genaues aus ihm herauszubringen, doch gelang's ihm nicht. Jetzt war Erich nur noch ein konzilianter junger Mann mit tadellosen Fingernägeln, korrekt gekleidet, einer, der sich Haarwasser ins Haar spritzte und danach roch. Wenn Kandel ihm begegnete, ohne daß er's merkte, schaute er entweder auf die Trottoirplatten oder zu den Dachfirsten hinauf. Dann erzählte er ihm einmal vom Bild eines Zimmers, dessen Boden glänze und Licht aus Fensternischen spiegele, während die Fenster von gerafften Spitzengardinen umrahmt wurden, die Messingringe an den Seiten hielten; eine Vitrine habe vergoldete Kanten, und hinter ihren Scheiben seien Gläser, Tassen und blumenbemalte Kannen aufgestellt; überm Sofa mit geschweifter Lehne reihten sich Bilder aneinander, alle in vergoldeten Rahmen, jedes nur zwei Finger breit vom anderen entfernt; zwei Lehnstühle hätten geblümte Seidenpolster. – »Und wer wohnt dort?« fragte Kandel, worauf Erich sagte: »Das weiß ich nicht, denn es ist nur ein Bild. Es hängt in einem Antiquitätenladen.«
Er bemühte sich, Hochdeutsch zu sprechen, und manchmal brachte er es fertig, daß ihm der Geometerssohn aus Münchingen kaum anzumerken war; aber gerade dies gefiel dem Kutscher Kandel nicht, und deshalb hätte er gerne zu ihm gesagt: »Schwätz, wie dir der Schnabel g'wachse ist!« Aber

er schwieg, und einmal sagte Erich: »Was willst du denn. Im nächsten Krieg werden wir alle zugeschaufelt.«

Erinnerungen im Halbschatten; sie besuchten Kandel, wenn in den Straßen rote Fahnen hingen, sonderbarerweise auch vor krummen Häusern und in engen Gassen, wo die Fahnen von der einen und der andern Seite sich ineinander zu verwickeln oder miteinander zu vermischen schienen, wenn Wind ging und Regen kämmte; dann klatschten und knallten nasse Fahnentücher, und Troddeln von Standarten klopften an Fensterscheiben; doch weil Kandel in der Alleenstraße nach hinten hinaus wohnte, merkte er davon so gut wie nichts. Nur neben dem Hofeingang winkte manchmal ein roter Zipfel von rechts oder von links herüber.

Wie es sich auflöst. Wie du unerwartet beinahe ganz allein bist.

Auch Erich ging ihm aus dem Weg, als ob er in ein altes Bild verschwände, sich zurückzöge in eine Dachwohnung des dritten Bezirks von Wien (hinterm Rennweg, in der Salesianergasse) oder dort einem Buben zusah, der in einem Bilderbuche las, während nicht weit von ihm eine Achtzehnjährige aus einem Palais kam, in einen Fiaker einstieg, und schwarzlederne Kutschendächer naß waren, glänzend schwarz, und die Säbelscheide eines Offizieres blinkte. Der zog sich in etwas zurück, das es nicht mehr gab und das auch nie mehr heraufkommen würde und also nichts anderes war als eine Phantasmagorie; so hieß er's nämlich, Kandel wußte dieses Wort von ihm. Eine Phantasmagorie, in der er verschwand, während er hier leben mußte, wo rote Fahnen herausgehängt wurden, weil die Wehrpflicht verkündet worden war; in einer Zeit der Braun- und Grünuniformierten, als es einen Statthalter gab, der früher kaufmännischer Angestellter oder Bankbeamter gewesen war, während damals, ungefähr um 1880, solch einer Scharfrichtersgehilfe oder Polizeikommissär hätte werden können,

noch unterm König angefangen worden, und wann eigentlich? Ach, du weißt's nicht mehr genau.
Gut, daß ein alter Kutscher nichts mehr genau zu wissen brauchte. Vor dem Bahnhof begrüßten ihn die Taxifahrer: »Ja, so was! Ha, der alte Kandel!« Und er sah Egelhaf wieder, den Gemütlichen; der war ›gut eingefaßt‹, sein Taxigeschäft bewährte sich, aber er strich doch dem Hansel übers Fell und sagte: »Schon was anderes, wenn d' einmal wieder den Stall riechst...« Er hatte eine braune Lederjacke an. Kandel aber, im schwarzen Schwenker und mit Zylinderhut, zeigte sich wie eh und je; im Knopfloch fehlte auch die weiße Nelke nicht. Junge Leute sammelten sich an, und und manche zuckten mit den Lippen. Kandel aber bibberte ein bißchen, nur ließ er sich das nicht anmerken. Ob überhaupt noch jemand mit ihm fahren wollte?
Nein, niemand. Sie standen nur herum, schauten ihn an, und der und jener schüttelte den Kopf. Ein junger Mann photographierte ihn mit einem kleinen Apparat, der ihm auf der Brust baumelte; er hob ihn hoch, knipste und ließ ihn wieder baumeln. Dann zog er ein Notizbuch aus der Tasche, fragte, seit wann er Kutscher sei, und Kandel rechnete nach; schließlich sagte er: »So ungefähr seit achtzehnhundertfünfundachtzig wird's schon sein.« Der andere, der übrigens vom ›Tagblatt‹ war, schaute in die Luft und sagte staunend: »Da war mein Vater noch nicht auf der Welt.« Kandel dachte, der sei ungefähr so alt wie Erich und wunderte sich, weil er einen dicken Wollschal unterm Regenmantel um den Hals gewickelt hatte, denn ihm kam's nicht besonders kalt vor.
Als er gefragt wurde, was er zum politischen Umschwung meine, antwortete er: »Wissen Sie, der erste ist es nicht, den ich mitangesehen habe«, und legte Hansel eine Decke über. Einen Augenblick lang kam's ihm vor, als sei es dumm gewesen, im November mit dem Kutschenfahren anzufangen; wenigstens hätte er noch bis zum Sommer damit war-

ten können. Er beneidete Egelhaf um sein warmes Taxi und fuhr wieder in die Alleenstraße, wo er einen Topf voll Glühwein sott, sich ins Bett legte, schwitzte und einschlief.

Im Aufwachen fühlte er sich wieder frisch. Er saß am warmen Kachelofen des ›Hirschen‹ zu Schwieberdingen und hörte hinter sich den Scherenschleifer mit dem Doktor Römer reden. Kandel wunderte sich, daß dieser Scherenschleifer heut noch leben sollte, denn der war doch eine Figur aus seiner Kindheit; im früheren Kornhaus der Herren von Nippenburg hatte er gewohnt. Kandel erinnerte sich ans gemeißelte Wappenbild unter seinem Fenster, als ein Händler in die Wirtsstube kam und seine Käze neben der Tür abstellte; er setzte sich zu denen auf der rückwärtigen Ofenseite, wo Licht brannte.
Kandel hörte, was sie zueinander sagten; die erzählten sich Erinnerungen, und er meinte, sie sprächen über ihn oder hätten dasselbe wie er als Kind erlebt; denn damals hatte sich ein Pferdegespann vor dem ›Lamm‹ aufs Trottoir gelegt, weil der Fuhrmann bis zur Morgenfrühe im Wirtshaus gesessen war.
Neben dem Kachelofen war Reisig aufgehäuft. Der Scherenschleifer sagte, das sei vom Schlehenbusch auf der Maurener Geruhstatt, und der sei heute abgehauen worden. Kandel überlegte, ob das ein gutes oder ein schlechtes Zeichen sei. Um den Busch tat es ihm leid, weil er als Kind oft unter ihm gelegen war. Wenn dir alles zuwider g'wesen ist, hast du dich unter ihn gelegt, sagte er zu sich selbst, obwohl so etwas Einbildung gewesen war, denn als Kind war das Leben doch leicht auszuhalten; aber vielleicht kam ihm das nur jetzt so vor.
Vor dem Fenster wurde es dunkel, weil Hansel draußen stand. Kandel ging zu ihm hinaus, der ihn vor der Kutsche erwartete. In der Gasse war es Abend. Vor einem Huf des

Pferdes lag ein Medaillon-Bild in einer Mulde, und Kandel hob es auf. Es war dann so zerschabt, daß nur noch Umrisse darauf zu sehen waren, doch meinte er, es sei ein Bild jener Franziska Leutrum.

Dann stand ein Herr im schwarzen Schlapphut da, den er für den Wappenmaler gehalten hätte, wäre der nicht so höflich gewesen. Er sagte: »Fahren Sie mich, bitte, zur Oberen Ziegelei« und legte seine mit Glasperlen bestickte Reisetasche auf die Polster.

Sie fuhren in einer alten Allee weiter, die Kandel von früher her bekannt war, doch meinte er, damals sei er selten hier herausgekommen. Übrigens eine schlechte Straße, als wäre sie seit langem nicht mehr ausgebessert worden, eine mit Regenrinnen im feinsandigen, da und dort ausgewaschenen Belag. Dabei erinnerte er sich, von Doktor Römer gehört zu haben, diese Gegend sei bereits in Römerzeiten besiedelt gewesen; zwei Legionskasernen hätten dort gestanden, von denen eine mit einer Ala gepanzerter Reiterei belegt gewesen sei.

Es schaukelte, hier war die Allee nur ein Feldweg. Kandel wunderte sich, weil er ungehindert durchkam, denn im Weg lagen Steine, die aussahen, als gehörten sie in ein Museum und seien hier vergessen worden. Ein roter Neubau stand am Weg. Hinter Fensterlöchern wartete eine Kutsche, und Kandel sah sich selbst auf dem Bock sitzen, als wär's ein Spiegelbild. Während er fuhr, näherte sich der andere, der er selbst war; und dann begegneten sie sich in der grauen Allee, fuhren einander entgegen, und der Wappenmaler sagte: »Sie, dort kommt die Franziska Leutrum.«

Sie saß in einer anderen Kutsche und sah geradeaus, als erkenne sie ihn nicht. Kein Wunder nach so vielen Jahren, denn sie war jung geblieben.

Dann lag er wieder hier im Bett, und Erich kam herein, der zu ihm sagte: »Onkel August, du bist krank. Ich werd' einen Arzt holen, muß aber vorher noch zur Musterung fürs Militär.«

Nach ihm kam der Wappenmaler, blieb an der offenen Tür stehen und rief zurück: »Ja, er ist da!« Ein Mädchen im Trenchcoat erschien, und Kandel überlegte, ob es Franziska Leutrum sei, war sich aber nicht ganz sicher. Sie sprachen über die Maurener Geruhstatt, und Kandel erzählte vom Schlehenbusch, unter dem er früher oft gelegen war. Goldammern flogen aus den Zweigen, der Abendhimmel dehnte sich, und falls er jetzt von ihr etwas gegen's Fremdheitsgefühl bekommen hätte, das er zeitlebens gespürt hatte, wenn er mit jemand sprach, dann wär er froh gewesen.

Das Mädchen fragte: »Haben Sie das Fremdheitsgefühl wirklich nie verloren?« und Kandel sagte: »Auf Ihre Frage weiß ich leider keine Antwort«, doch war's auch nicht mehr nötig.

Bibliothek Suhrkamp

Alphabetisches Verzeichnis